Enceinte de Nicolo Orsini

SANDRA MARTON

Enceinte de Nicolo Orsini

collection Azur

éditions Harlequin

Si vous achetez ce livre privé de tout ou partie de sa couverture, nous vous signalons qu'il est en vente irrégulière. Il est considéré comme « invendu » et l'éditeur comme l'auteur n'ont reçu aucun paiement pour ce livre « détérioré ».

Cet ouvrage a été publié en langue anglaise
sous le titre :
NICOLO : THE POWERFUL SICILIAN

Traduction française de
ELISABETH MARZIN

HARLEQUIN®

est une marque déposée du Groupe Harlequin
et Azur ® est une marque déposée d'Harlequin S.A.

83-85, boulevard Vincent-Auriol, 75646 PARIS CEDEX 13 — Tél. : 01 42 16 63 63

Service Lectrices — Tél. : 01 45 82 47 47

www.harlequin.fr

ISBN 978-2-2802-3569-3 — ISSN 0993-4448

Chère lectrice,

Nous voici déjà en septembre, le mois qui marque traditionnellement la fin des vacances, la rentrée des classes, l'arrivée prochaine de l'automne... Un mois empli de souvenirs parfois doux-amers ou nostalgiques, mais chargés d'émotion, un mois lumineux, plein de couleurs intenses et dorées...

Pour entrer en douceur dans ce bel automne, je vous recommande tout particulièrement le dernier roman de votre série « La saga des Orsini », de Sandra Marton (*Enceinte de Nicolo Orsini*, Azur n° 3163). A son tour, le plus jeune des quatre frères Orsini va devoir s'acquitter d'une mission pour son père, le vieux Cesare. Et cette mission qu'il n'a acceptée qu'à contrecœur va lui réserver bien des surprises...

Votre voyage au cœur de la passion ne s'arrêtera pas là. Car c'est en plein désert, un désert dont elle va finir par aimer l'âpre beauté, que Bella Balfour va découvrir l'amour entre les bras du cheikh Zafik (*La promesse du cheikh,* de Sarah Morgan, Azur n° 3164). Pour cette héritière rebelle, il s'agit là d'une rencontre incroyable avec un homme hors du commun...

Très bonne lecture !

La responsable de collection

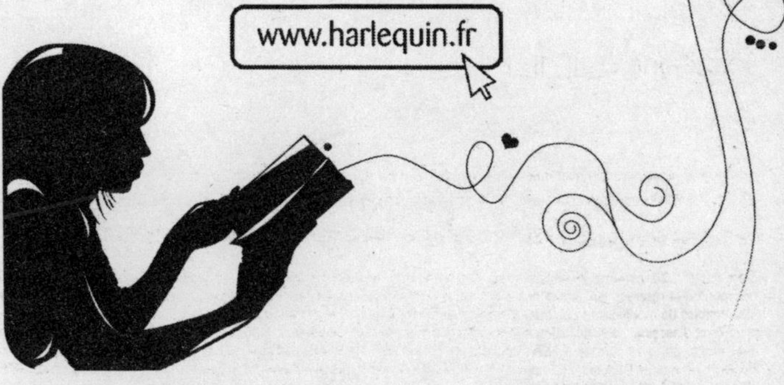

Composé et édité par les
éditions Harlequin
Achevé d'imprimer en août 2011

BRODARD & TAUPIN

La Flèche
Dépôt légal : septembre 2011
N° d'imprimeur : 64150

Imprimé en France

BestSellers

Best-Sellers n°484 • historique

La rebelle de Longwood - Susan Wiggs

Picardie, 1414.

Mariée précipitamment pour échapper à l'époux anglais que son oncle veut lui imposer, Belliane, châtelaine de Longwood, savoure silencieusement sa victoire. Car si son mariage avec Lazare Mondragon ne lui apportera jamais la passion à laquelle toute femme aspire, il lui permettra, croit-elle, de protéger Longwood de son ennemi éternel, l'Angleterre. Hélas, dès leur nuit de noces, Belliane découvre que Lazare ne lui donnera jamais d'enfant : s'il l'a épousée, c'est pour capter son héritage au profit de son propre fils.

Bien décidée à se battre pour garder Longwood, Belliane voit son espoir renaître lorsqu'elle rencontre Rand, un chevalier. Au fil de leurs rendez-vous secrets, Rand la guide sur le chemin de la sensualité, éveillant en elle une femme libre, rebelle et passionnée. Et suscitant au plus profond de son cœur le désir de concevoir un héritier pour Longwood. Sans imaginer que le piège qu'elle a si ardemment voulu éviter va maintenant se refermer sur elle…

Best-Sellers n°485 • historique

Piège d'émeraude - Nicola Cornick

Yorkshire, 1810.

Alice Lister est révoltée par la proposition de l'arrogant Miles Vickery. Certes, un an plus tôt, elle s'est éprise du marquis avec une passion naïve, convaincue qu'il était un homme courageux, loyal, sincère... Mais, après une cour passionnée de plusieurs mois, Miles s'est montré sous son vrai jour en disparaissant sans un mot d'explication pour poursuivre une héritière plus riche qu'elle. Depuis, Alice lui a clairement fait comprendre qu'elle ne voulait plus jamais le revoir. Alors comment ce chasseur de dot ose-t-il se présenter chez elle et lui demander sa main ? La croit-il assez sotte pour se laisser tromper une nouvelle fois ? Quoi qu'il en soit, Alice est déterminée à l'éconduire sans ménagement. Mais, alors qu'elle savoure déjà sa vengeance, le mufle abat sa dernière carte : si elle refuse de l'épouser, il dévoilera son appartenance aux Glory Girls. Un secret qui pourrait bien l'envoyer tout droit en prison…

1.

Entre la cérémonie dans la petite église de Manhattan et la réception à l'hôtel particulier des Orsini, la journée avait été longue. Nicolo avait hâte qu'elle se termine. Il savait que, dans l'immense lit de son triplex de Central Park West, une femme l'attendait probablement — et cela ne l'enchantait guère…

— Tu dois vraiment y aller, Nick ? avait-elle demandé le matin même avec une moue sexy, un peu avant qu'il parte.

Il avait jeté un dernier coup d'œil dans le miroir. Smoking sur mesure, chemise de soie blanche, nœud papillon, chaussures rutilantes : tout était impeccable. Il s'était approché du lit, avait déposé un baiser sur les cheveux de la femme en répondant que oui, il devait y aller.

On ne mariait pas son frère tous les jours.

Cette pensée, il l'avait gardée pour lui, se contentant d'expliquer qu'il était invité à un mariage — mot magique qui avait suffi à faire briller les yeux bleus fixés sur lui. Cela l'avait conforté dans ses craintes. Il avait donc évité de préciser que c'était un de ses frères qui devait dire « oui »…

— Je t'appelle, avait-il assuré.

Ce qui lui avait valu une autre moue sexy. Comment cette manie qu'il trouvait si excitante au début pouvait-elle être devenue aussi agaçante ? Néanmoins, il avait invité la blonde pulpeuse à attendre son retour.

Nicolo but une gorgée de champagne. Pourvu qu'elle ne l'ait pas écouté…

Il était toujours agréable de trouver une créature sensuelle dans son lit, mais son intérêt pour celle-là s'était décidément émoussé. Or, les femmes avaient souvent un sixième sens pour ce genre de choses et il redoutait une de ces scènes mélodramatiques qui accompagnaient parfois la fin d'une histoire. Après la journée qu'il venait de passer, c'était la dernière chose dont il avait besoin ! Il avait beau adorer ses frères, ses sœurs, sa mère, ses belles-sœurs, il était saturé de sentimentalisme pour un bon moment.

Par la baie vitrée du jardin d'hiver, il contempla le parc de l'hôtel particulier de sa famille. L'automne était arrivé, mais les arbustes plantés par sa sœur Isabella quelques années plus tôt restaient verts.

Derrière les hauts murs de pierre de la propriété, Little Italy, où plusieurs générations d'immigrants italiens avaient posé leurs valises, cédait chaque jour du terrain à Greenwich Village et Chinatown.

Nick but une nouvelle gorgée de champagne. Boutiques de mode, restaurants chic, galeries d'art… La métamorphose du quartier de son enfance lui déplaisait, et il regrettait son caractère populaire d'autrefois. Pourtant, il ne gardait pas que des souvenirs agréables de cette époque. Loin de là. Quand on avait pour père le chef d'une puissante famille du crime organisé, on était souvent en butte à des vexations.

Quand il avait compris qui était exactement Cesare Orsini, il n'avait plus éprouvé pour lui qu'un profond mépris.

En revanche, son amour pour sa mère et ses sœurs ne s'était jamais altéré. Quant aux liens qui l'unissaient à ses frères…

Un sourire étira ses lèvres.

Ces liens-là étaient indestructibles.

Pendant leur enfance, ses frères et lui se chamaillaient souvent ; mais, dès que l'un d'eux avait le moindre problème avec les gamins du quartier, les trois autres arrivaient à la rescousse. Au sortir de l'adolescence, ils s'étaient séparés pour suivre des chemins différents, mais ils avaient fini par se retrouver. Peu d'années les séparaient, ils avaient le même caractère et partageaient les mêmes valeurs. Plus unis que jamais, ils avaient fondé une société d'investissement qui leur avait permis de devenir aussi riches et puissants que leur père, tout en restant intègres.

Raffaele, Dante, Falco et lui formaient une équipe soudée.

Etait-ce sur le point de changer à présent que ses frères étaient mariés ?

Nick termina sa flûte et se dirigea vers le bar. Le voyant approcher, le barman ouvrit une nouvelle bouteille de Dom Pérignon millésimé et lui servit une flûte.

— Merci.

Nick regarda Rafe danser avec sa femme, Chiara. Incroyable… Ses frères, tous les trois mariés… Il n'arrivait toujours pas à se faire à cette idée. D'abord Rafe. Puis Dante. Et à présent Falco ! Falco le solitaire…

Absolument incroyable : ses frères étaient tous les trois tombés amoureux !

— Ça t'arrivera à toi aussi, tu verras, lui avait assuré Rafe la veille au soir au Bar, l'établissement qu'ils possédaient ensemble à SoHo et où ils s'étaient réunis tous les quatre pour trinquer au mariage de Falco.

— Moi ? Jamais ! s'était-il exclamé.

Eclat de rire général.

— Mais si, mon vieux, avait insisté Dante.

— Crois-moi, ça te tombera dessus au moment où tu t'y attendras le moins, avait renchéri Falco. Et, avant que tu aies le temps de comprendre ce qui t'arrive, la femme de ta vie tiendra ton pauvre petit cœur au creux de sa main.

Nouvel éclat de rire.

Il n'avait pas insisté.

A quoi bon leur expliquer qu'il était déjà passé par là, et qu'il n'avait aucune intention de recommencer ?

Bien sûr, il était possible que ses frères fassent mentir la statistique selon laquelle un mariage sur quatre se terminait par un divorce. Leurs épouses semblaient sincèrement amoureuses. Mais c'était toujours comme ça au début avec les femmes, non ? Hypocrites par nature, elles cachaient bien leur jeu.

Crispant la mâchoire, Nick regagna le bar et posa sa flûte encore pleine sur le comptoir de marbre.

— Un scotch. Double, s'il vous plaît.

— Je suis désolé, monsieur Orsini. Je n'ai pas de scotch.

— Un bourbon alors.

— Pas de bourbon non plus.

— Vous plaisantez ?

Le barman, qui ne devait pas avoir beaucoup plus de vingt ans, déglutit péniblement.

— Non, monsieur Orsini. Je suis vraiment désolé, mais…

— Arrêtez de répéter que vous êtes désolé ! Ce n'est pas ça qui…

Nick se maudit intérieurement. Pourquoi s'en prendre à ce gamin ? Ce n'était pas sa faute si le seul alcool qui coulait à flots aujourd'hui était un truc prétentieux qui coûtait entre deux cents et trois cents dollars la bouteille. Une idée de son père, sans aucun doute. Le parrain s'imaginait que servir du champagne millésimé suffisait à faire de lui un homme raffiné…

Mais non : Falco avait payé le mariage lui-même, se rappela Nick. Comme Dante et Rafe. C'était à cette condition qu'ils avaient accepté que la réception ait lieu dans cette maison, comme le souhaitait leur mère. Isabella s'était occupée des fleurs et Anna du buffet. S'il avait envie de passer ses nerfs sur quelqu'un, c'était à elles qu'il fallait s'adresser.

Cette idée suffit à le calmer. Oser critiquer ses sœurs ? Il faillit pouffer.

— Excusez-moi, dit-il au barman. Je suis saturé de champagne, mais je vais me faire une raison.

Avec un sourire ravi, le barman lui servit une nouvelle flûte.

— Ne vous inquiétez pas, monsieur Orsini. Moi, je suis saturé de mariages. J'en ai fait un hier après-midi, un autre hier soir et aujourd'hui celui-ci. Je sais bien qu'un jour, mon tour viendra, mais je dois dire que je ne suis pas pressé !

Nick leva sa flûte avec un sourire complice. Lui non plus, il n'était pas pressé. Il n'avait même aucune envie que son tour arrive. Malgré tout, il avait envie, comme tout homme, de fonder une famille afin de perpétuer son nom. Alors oui, il finirait par se marier lui aussi. Mais, le jour où il choisirait une épouse, il ne se raconterait pas d'histoires. L'amour ? Il n'y croyait pas.

Dehors, le ciel s'obscurcissait. La météo avait annoncé de la pluie et, pour une fois, les prévisions semblaient exactes… Nick sortit dans le parc.

Lorsqu'il serait prêt à franchir le pas, il procéderait avec méthode. Il prendrait une épouse conciliante et sans aspirations romanesques. Son mariage serait basé sur le respect mutuel. Rien de plus.

Agir rationnellement, c'était le secret de la réussite. Dans tous les domaines. Pour décider s'il devait investir dans telle ou telle société, il n'écoutait pas ses sentiments. Pourquoi le ferait-il pour choisir une épouse ? Ecouter ses sentiments était une erreur fatale. Il l'avait commise une fois et il s'était juré de ne jamais la renouveler.

Il n'avait jamais parlé de cet épisode à personne. Pas même à ses frères. Il était préférable de garder certaines choses pour soi. Et, quand on avait été assez idiot pour se laisser manipuler, il n'y avait pas de quoi se vanter.

Quatre ans plus tôt, il avait rencontré une femme lors d'un voyage d'affaires à Seattle. Sarah. Belle, intelligente, drôle. Elle occupait le poste de directrice financière dans la banque qu'il avait prévu de racheter ; et, si elle était issue d'une famille de la haute société, elle ne devait sa réussite qu'à ses seules compétences.

Elle s'était retrouvée dans son lit dès le premier soir. Il avait eu envie de l'y garder quelque temps et, très rapidement, ils s'étaient organisés. Il passait un week-end sur deux à Seattle. Sarah passait les autres chez lui, à New York.

Un mois après leur rencontre, il avait décidé de lui expliquer qui était son père. Jamais avec aucune femme auparavant cette idée ne l'avait effleuré ; mais, avec elle, c'était différent.

Une nuit, alors qu'ils étaient dans les bras l'un de l'autre, il lui avait parlé.

— Mon père est Cesare Orsini.

Devant son absence de réaction, il lui avait précisé que Cesare Orsini était le chef d'une célèbre *famiglia* de la mafia.

— Je sais, Nick, avait-elle susurré avec un sourire mutin. Et je dois dire que je trouve ça très excitant…

Ce commentaire aurait dû l'alerter. Mais la partie de son anatomie avec laquelle il pensait à l'époque n'était pas équipée d'un système d'alarme…

La semaine suivante, un pont devait prolonger le week-end et il avait suggéré qu'ils pourraient en profiter pour partir quelque part ensemble. Elle lui avait répondu avec une moue dépitée que c'était impossible. Le samedi matin, elle devait prendre l'avion pour l'Oregon, où vivait sa grand-mère. Celle-ci était malade et Sarah lui avait promis de passer ces quelques jours avec elle. Avec un sourire rêveur, elle avait ajouté que sa grand-mère serait ravie d'apprendre que sa petite-fille préférée avait rencontré un homme merveilleux.

Cette déclaration l'avait profondément touché. A tel point que le vendredi soir il s'était dit : Pourquoi ne pas l'accompagner ? Et il avait décidé de lui faire la surprise.

Il s'était rendu à Seattle en jet privé, puis il avait loué une voiture. Une fois arrivé chez Sarah, il avait ouvert la porte sans bruit avec les clés qu'elle lui avait confiées et s'était rendu directement dans sa chambre.

Il avait cru recevoir un coup de couteau dans l'estomac.

La femme pour qui il était prêt à changer de vie était au lit avec son directeur, à qui elle assurait en riant que l'objectif était atteint : Nicolo Orsini rachèterait sans aucun doute la banque à un prix nettement supérieur à sa valeur.

— Bien joué, ma chérie, avait commenté le directeur.

Mais reconnais que tu jouais sur du velours. Un Orsini et une femme comme toi, c'est un classique. La princesse et le voyou…

La flûte de champagne vola en éclats dans la main de Nick.

— *Merda !*

Sa veste de smoking était mouillée et une goutte de sang perlait à son index. Il sortit un mouchoir blanc de sa poche, tamponna sa veste puis s'essuya le doigt.

— Ce champagne n'est pourtant pas si mauvais, commenta une voix moqueuse.

Rafe lui tendit une des deux canettes de bière qu'il avait dans les mains. Nick la prit avec un grognement de satisfaction.

— Tu tombes à pic ! D'où sors-tu ça ?

— Ne pose pas de questions et régale-toi.

Rafe indiqua le doigt de son frère.

— Ça va ?

— Oui. Ce n'est rien.

— Que s'est-il passé ?

Nick haussa les épaules avec un sourire désinvolte.

— Ces flûtes sont ridiculement fragiles. Je vais aller chercher quelque chose pour nettoyer.

— Oh ! ne t'inquiète pas ! Quelqu'un de l'équipe du traiteur va surgir de nulle part avant que…

Au même instant, une jeune fille apparut avec un balai et une pelle.

— Qu'est-ce que je te disais ? reprit Rafe.

Nick remercia la jeune fille puis trinqua avec son frère.

— A ton bon goût : une bonne bière, ça vaut tous les champagnes du monde.

— Je me suis dit que ça te redonnerait peut-être le sourire. Tu faisais une mine de six pieds de long.

— Vraiment ? C'est sans doute parce que je pensais à… ce contrat avec les Suisses.

— Oublie le boulot, intervint Dante en se joignant à eux, lui aussi une bière à la main.

Il se pencha vers Nick avec un sourire complice :

— Gaby dit que la petite assistante du traiteur ne t'a pas quitté des yeux de tout l'après-midi.

— Et ça t'étonne ? plaisanta Nick.

Ses frères pouffèrent. Il bavarda pendant quelques minutes avec eux, puis vint le moment de dire au revoir aux mariés.

Enfin, il allait pouvoir s'échapper !

Nick respecta le rituel. Embrassades générales, et surtout promesse de revenir très vite dîner — sans laquelle Sofia ne laissait pas partir ses fils. Cesare n'était pas en vue. Parfait, songea-t-il en se dirigeant vers la sortie. Avec un peu de chance, il parviendrait à s'esquiver avant que son père lui mette le grappin dessus…

— Tu t'en vas déjà, *mio figlio ?*

Nicolo soupira.

— Oui, je m'en vais.

Cesare émit un petit rire narquois.

— Toujours aussi direct. C'est ça qui me plaît chez toi !

— Je devrais sûrement être flatté, mais ce n'est pas le cas. Au revoir, papa.

— As-tu oublié que nous devions nous voir le jour du mariage de Dante ?

Nicolo poussa un nouveau soupir. Non, il n'avait pas oublié. Cesare les avait arrêtés au moment où ils s'en allaient, Falco et lui… Son frère ayant été reçu le premier, il avait attendu un moment dans le couloir. Au bout d'un long moment, il s'était dit qu'il n'avait aucune raison de se comporter comme un domestique et il était parti.

De toute façon il savait parfaitement ce que son père avait à lui dire : combinaison des coffres, emplacement des chambres fortes, nom des avocats et des comptables ; au cas où il disparaîtrait. Alors qu'aucun de ses fils n'accepterait jamais un seul centime de son butin…

— Cinq minutes, déclara Nicolo d'un ton froid. Mais sache que, quel que soit le discours que tu as préparé, il ne m'intéresse pas.

Felipe, le garde du corps du parrain, sortit de l'ombre. D'un signe, Cesare lui indiqua qu'il n'avait pas besoin de lui.

— Je pense réussir à te faire changer d'avis, Nicolo, dit-il en ouvrant la porte de son bureau.

Dix minutes plus tard, Nick regardait son père avec perplexité.

— Tu veux investir dans une société vinicole ? En Italie ?

Cesare, assis derrière son énorme bureau en acajou, hocha la tête.

— En Toscane, très exactement. Une région d'Italie dont la capitale est Florence.

— Epargne-moi la leçon de géographie et tenons-nous-en à l'essentiel, d'accord ?

— Je compte en effet investir dans la société vinicole du prince Antoninni.

Nicolo leva les yeux au ciel.

— Le prince… On dirait une mauvaise série B. *Le Prince et le Parrain.*

— Ne me parle pas sur ce ton, s'il te plaît.

— Sinon ?

Posant les mains à plat sur le bureau, Nicolo se pencha vers son père.

— Je n'ai pas peur de toi, insista-t-il. Je n'ai plus peur de toi depuis que j'ai compris qui tu étais, il y a vingt ans.

— Ce n'est pas une raison pour ne pas me témoigner le respect qu'un fils doit à son père.

— Je ne te dois rien. Et si c'est vraiment du respect que tu attends de moi…

— Assez perdu de temps, coupa sèchement Cesare. En l'occurrence, ce sont tes compétences professionnelles qui m'intéressent.

Nick se redressa et croisa les bras.

— Pour quelle raison ?

— Avant de prendre une décision j'ai besoin de connaître la valeur réelle de l'entreprise. Il me faut une évaluation fiable.

— En quoi cela me concerne-t-il ?

— Evaluer les biens, votre spécialité, chez Orsini Brothers, non ?

— Je te rappelle que, contrairement à toi, tes fils ont pour principe de respecter la légalité, rétorqua Nicolo d'un ton méprisant. Je ne pense donc pas être qualifié pour te conseiller.

Cesare crispa la mâchoire.

— Je ne te demande rien d'autre qu'une évaluation. Le prince me propose une participation de dix pour cent contre deux millions d'euros. Est-ce raisonnable ? Dois-je demander davantage ? Est-ce un investissement à haut risque ?

Don Orsini prit sur le bureau une enveloppe en papier kraft.

— Il m'a fourni tous les éléments, mais je veux l'avis d'un expert.

— Un expert en magouille financière ? Fais appel à un de tes conseillers habituels.

— La question essentielle est de savoir pourquoi il a besoin de cet argent, poursuivit Cesare en ignorant la raillerie. D'après lui, c'est pour financer le développement de son entreprise. Mais est-ce bien vrai ? Comme le vignoble, elle appartient exclusivement à sa famille depuis cinq siècles. Pourquoi a-t-il soudain besoin de capitaux extérieurs ? Il me faut des réponses claires et précises. Qui mieux que mon propre fils pourrait me les donner ?

— Désolé, mais « fais-le pour ton vieux père » n'est pas un argument susceptible de me convaincre.

— Ce n'est pas pour moi que je te demande ce service. C'est pour ta mère.

— Ben voyons ! Maman a toujours rêvé de posséder une société vinicole ! ironisa Nicolo. Comment ai-je pu l'oublier ?

— Il y a des choses que tu ne sais pas au sujet de ta mère et moi.

— Ça c'est vrai. Pour commencer, je n'ai jamais compris comment elle avait pu t'épouser.

— Pour la même raison que je lui ai demandé sa main : par amour.

La voix de Cesare s'était adoucie, troublant quelque peu Nicolo.

— J'aurais tout entendu ! rétorqua-t-il pourtant.

— Elle était fiancée à l'homme le plus riche de notre village, mais elle s'est enfuie avec moi.

Devant l'air abasourdi de son fils, Cesare eut un petit sourire satisfait.

— L'homme en question, reprit-il, c'est le beau-père de Rafe.

Nicolo resta un instant sans voix.

— Le père de Chiara ? Maman était fiancée à Freddo Cordiano ?

— *Sì.* Ton frère est au courant, mais il a gardé l'information pour lui, comme il se doit. Sofia et moi nous nous sommes donc enfuis. Nous sommes partis en Toscane.

— Pourquoi ? Vous étiez tous les deux siciliens.

— La Toscane est une belle région. Agréable, accueillante, et moins rude que la Sicile. En Italie, certains pensent que la Toscane est le berceau culturel du pays ; tandis que la Sicile…

Cesare haussa les épaules.

— Peu importe, poursuivit-il. L'essentiel, c'est que la Toscane faisait rêver ta mère.

Curieux malgré lui, Nick demanda :

— Dans ce cas, pourquoi avez-vous émigré en Amérique ?

La paupière gauche de Cesare cligna brusquement.

— En Toscane, les… compétences acquises pendant mon adolescence sicilienne ne m'étaient d'aucune utilité. J'ai très vite compris que, si je voulais offrir à ta mère une vie décente, je devrais traverser l'Atlantique.

— Comment oses-tu utiliser maman pour tenter de justifier la vie que tu as choisie ?

— Je n'ai aucune raison de me justifier. Je voudrais juste offrir à ma femme un petit bout de terre toscane — la seule chose qu'elle m'ait jamais demandée…

Nick hésita. Son père disait-il vrai ? Le seul moyen de le savoir était de poser la question à sa mère. Or, pour rien au monde il ne s'y résoudrait.

Mais, après tout, quelle importance si son père cherchait à le manipuler ? Dans le doute, mieux valait partir du principe que cette opération avait pour but de faire plaisir à Sofia.

— D'accord, je t'accorde deux jours. Pas un de plus. Deux jours sur place et je reviens.

Cesare lui tendit l'enveloppe.

— Toutes les informations dont tu as besoin sont là-dedans, Nicolo. *Grazie mille.*

— Ce n'est pas moi qu'il faut remercier. C'est *mamma.*

Nick prit l'enveloppe, tourna les talons et quitta la pièce.

— Deux jours, Alessia, plaida son père. C'est tout ce que je te demande.

Alessia garda les yeux fixés sur les vignes baignées par le clair de lune. Vittorio et elle étaient assis sur la terrasse, à l'arrière de la villa familiale des Antoninni.

— Je t'ai déjà expliqué que j'ai du travail qui m'attend à Rome.

— Passer ta vie dans des soirées mondaines, tu appelles ça travailler ?

Alessia réprima un soupir.

— Ces soirées, c'est moi qui les organise ! Elles font partie de mes fonctions dans l'agence de relations publiques qui m'emploie.

— Justement ! Jouer le même rôle pour ton père ne devrait pas te poser de problèmes.

— Si : un problème de temps. Je n'ai pas encore trouvé la formule magique pour me dédoubler.

— Avoue plutôt que tu n'as pas envie de me rendre service.

Alessia décida d'ignorer cette réflexion. Il était tard et elle n'avait aucune envie que cette conversation s'éternise...

— Si tu n'es pas disponible, tu n'aurais pas dû accepter de recevoir cet Américain.

— Combien de fois faudra-t-il t'expliquer que j'ai un empêchement de dernière minute ? Je ne peux tout de même pas annuler la visite du *signore* Orsini maintenant. Ce serait très discourtois.

— En réalité, tu préfères ne pas prendre le risque de contrarier un mafioso, c'est ça ?

— Cesare Orsini est un homme d'affaires respectable. Pourquoi ajouter foi aux calomnies colportées par certains journalistes ?

Alessia eut une moue de dérision.

— Pourquoi, en effet ? Mais, de toute façon, il y a suffisamment de gens compétents parmi le personnel pour lui faire visiter la propriété et le renseigner sur l'entreprise. Ton assistante, ton comptable...

Son père leva un sourcil moqueur.

— Et, pendant le dîner qui est prévu en son honneur, tu veux que ce soit ma gouvernante qui joue le rôle de maîtresse de maison ?

— Justement : confie ce rôle à ta maîtresse ; ce ne serait pas la première fois.

— Je te rappelle que le *signore* Orsini est né en Italie, fit Vittorio d'un air pincé.

— Il est né en Sicile, rectifia Alessia avec mépris — celui d'une aristocrate toscane pour les gens du Sud.

— Justement. Les Siciliens sont très respectueux des traditions. Etre reçu par ma maîtresse risquerait de l'offenser.

Le prince lança à sa fille un regard narquois.

— Tu t'attendais à ce que je nie avoir une maîtresse, n'est-ce pas ? reprit-il. Mais, étant donné l'absence prolongée de ta mère, je n'ai aucune raison de le cacher.

— Maman est en maison de santé ! s'exclama Alessia avec indignation.

— Exact. Un établissement privé hors de prix.

L'estomac d'Alessia se noua. Etait-ce un effet de son imagination ou bien y avait-il vraiment une menace voilée dans les propos de son père ?

— Et alors ?

Vittorio poussa un profond soupir.

— Sans une injection rapide de capital dans l'entreprise, je ne pourrai plus faire face à certains frais ; du coup, je crains d'être obligé de prendre une décision pénible au sujet de ta mère.

— Tu veux dire… lui faire quitter sa maison de santé ? Mais ça voudrait dire qu'elle retournerait à…

— En effet, coupa son père.

Alessia sentit un grand froid l'envahir. Comment pouvait-il envisager aussi calmement une telle éventualité ? Sa mère ne supporterait pas un nouveau séjour en hôpital psychiatrique.

— Je discerne de la réprobation dans ton regard, ma fille. Mais sache que, s'il faut en passer par là pour préserver le vignoble qui appartient à notre famille depuis cinq siècles, je n'hésiterai pas.

— Ne serait-il pas plus judicieux de redresser la situation par une gestion plus rigoureuse de la société ?

Vittorio eut un geste impatient.

— Acceptes-tu oui ou non de me rendre le service que je te demande ?

Amère, Alessia se demanda si elle avait vraiment le choix…

— Deux jours. C'est tout ce que je peux t'accorder.

— *Grazie, bella mia.*

— En principe un maître chanteur ne remercie pas la personne qu'il fait chanter, papa.

Ce n'était pas une réplique très brillante, mais elle devrait s'en contenter…

Le cœur serré, Alessia se leva et rentra dans la villa.

2.

A son retour dans son triplex, Nick ne trouva pas une femme dans son lit mais un mot.

Appelle-moi.

Il l'appellerait, oui. A son retour d'Italie. Pour rompre avec élégance : fleurs, cadeau, etc.

Il enleva son smoking, prit une douche, enfila un vieux sweaT-shirt de l'époque où il était dans les marines et se rendit dans la cuisine pour faire du café.

Plus il réfléchissait, plus il était convaincu que son père l'avait embobiné. Cette histoire à propos de sa mère… Même si elle était vraie, pourquoi Cesare aurait-il attendu quarante ans pour offrir à son épouse « un petit bout de terre toscane » ?

Mais peu importait : il avait accepté cette mission et il tenait toujours ses promesses.

En attendant que le café soit prêt, il vida sur le comptoir en pierre polie l'enveloppe que lui avait confiée Cesare. Il consulta un document et lâcha un juron : il avait rendez-vous le lendemain avec le prince Vittorio Antoninni !

— J'aurais apprécié que tu me demandes mon avis, vieux forban ! maugréa-t-il à voix haute.

Mais, après tout, plus vite il serait débarrassé de cette corvée, mieux ce serait. Il se servit un café et décrocha le téléphone. Le jet d'Orsini Brothers emmenait Falco et son épouse en voyage de noces. Pas de problème : leur société utilisait régulièrement les services d'une agence de voyages, et il avait le numéro de téléphone personnel du directeur. L'un des privilèges des clients importants…

Il apprit avec agacement qu'il n'existait pas de vols directs pour Florence depuis Kennedy Airport, et qu'il devrait changer d'avion à Rome. Il réserva une place en première classe sur un vol qui lui permettrait d'être en ville à 14 heures, ainsi qu'une suite au Borghese Palace et une voiture de location qui l'attendrait à l'aéroport.

Il composa ensuite un numéro abrégé et commanda du *pad thai* dans un petit restaurant du quartier. En attendant l'arrivée de son dîner, il parcourut rapidement le reste des documents fournis par Cesare.

La famille Antoninni possédait sa terre et son entreprise vinicole depuis cinq siècles. Le prince Vittorio avait succédé à son père, et c'était en principe sa fille qui prendrait la relève. Il eut une moue dubitative. Alessia Antoninni travaillait dans les relations publiques et passait son temps à Rome dans des soirées mondaines. Il voyait très bien le style : superficielle, égocentrique, blasée. New York regorgeait de femmes de ce genre.

De toute façon, c'était à son père qu'il aurait affaire. Et plus vite il en aurait terminé avec cette histoire, mieux il se porterait…

L'enveloppe contenait également un mot manuscrit sur vélin orné d'armoiries. Le *signore* Orsini était invité à téléphoner à la secrétaire du prince dès qu'il connaîtrait l'heure d'arrivée de son vol ; le prince Antoninni tenait en effet à l'accueillir en personne à l'aéroport. Et, bien sûr, le *signore* Orsini serait son invité à la villa Antoninni, dans les collines toscanes, pendant tout son séjour.

Nick décrocha de nouveau le téléphone. C'était le milieu de la nuit en Italie. Il laissa un message. Son italien était sans aucun doute épouvantable, songea-t-il tout en confirmant son arrivée pour le lendemain, comme prévu.

Il omit toutefois de préciser le numéro du vol et déclina poliment l'invitation à la villa.

Quand on devait évaluer une entreprise, mieux valait rester indépendant.

On sonna à la porte. C'était le portier de son immeuble, qui lui avait monté son *pad thai*. Nicolo s'installa dans le salon avec son ordinateur portable et dîna tout en étudiant avec attention les documents comptables de la société Antoninni.

A minuit, il avait beaucoup de questions... Il fallait espérer que le prince lui fournirait les réponses. Le prince ! Nick secoua la tête. Cette histoire avait tout d'une mauvaise blague.

Alessia faisait les cent pas dans le hall d'arrivée de l'aéroport Amerigo Vespucci. Son exaspération était à son comble. Cette histoire avait tout d'une mauvaise blague...

Orsini avait laissé un message au milieu de la nuit. Ignorait-il donc qu'il y avait un décalage horaire entre les Etats-Unis et l'Europe ? Sans doute.

C'était un truand : il devait donc avoir le Q.I. d'un escargot, au mieux. D'ailleurs, il parlait un italien épouvantable, truffé de termes siciliens. Quelle vulgarité... Malgré tout, Alessia avait dû reconnaître qu'il avait une voix intéressante. Chaude. Profonde. Une voix étonnamment jeune pour un homme de son âge.

Mais son message... Aucun intérêt ! Alessia secoua la tête. Il arrivait aujourd'hui : merci pour le renseignement — c'était ce qu'il avait convenu avec son père ! Ensuite, il avait parlé d'un hôtel alors qu'il était invité à la villa. En revanche, pas de numéro de vol, pas d'heure d'arrivée... Rien !

Si bien qu'elle arpentait ce fichu hall depuis des heures. Une journée entière de perdue ! Alessia laissa échapper un juron. Une religieuse qui passait à proximité lui lança un regard offusqué.

Des voyants lumineux s'allumèrent sur le panneau des

arrivées. *Grazie a Dio !* L'avion de Rome venait d'atterrir. C'était le dernier de la journée, donc Orsini était forcément à bord. Cinq minutes pour le débarquement, dix pour récupérer les bagages, dix de plus pour le contrôle des passeports : elle n'avait plus longtemps à attendre.

Si seulement elle n'avait pas aussi mal aux pieds…

Ces talons étaient de véritables échasses. C'était idiot d'avoir mis ses escarpins Dior pour venir à l'aéroport, mais ils allaient si bien avec son tailleur Armani ivoire qu'elle n'avait pas résisté. Si elle avait choisi sa tenue avec autant de soin, ce n'était pas pour plaire à Cesare Orsini, mais pour lui rappeler qu'ils n'appartenaient pas au même monde. Et, si ce n'était pas très charitable, tant pis.

Enfin, les passagers en provenance de Rome commencèrent à apparaître. Un groupe de prêtres. Une femme d'un certain âge avec une valise à roulettes. Deux adolescentes avec des sacs à dos. Une mère visiblement épuisée, tenant dans ses bras un enfant en train de hurler. Un vieil homme qui s'appuyait sur une canne. Un jeune couple. Un homme. Tellement… magnétique qu'Alessia ne put s'empêcher de le détailler.

Grand, brun, d'une élégance irréprochable dans un costume sans nul doute sur mesure, la démarche souple… et les traits crispés par une colère si visible qu'elle fit instinctivement un pas vers la gauche. Dans le même temps, il en avait fait un vers la droite, si bien qu'ils se heurtèrent. Une décharge électrique fit tressaillir Alessia.

L'homme tourna la tête vers elle. Avait-il ressenti la même chose ? Elle déglutit péniblement. Ses yeux noirs étaient fascinants, tout comme le reste de son visage énergique : nez droit, bouche au dessin ferme, mâchoire carrée.

Un mâle superbe, au regard glaçant…

— Excusez-moi, fit-il.

Alessia cilla. Le ton de l'homme était aussi froid que son expression et ses excuses signifiaient en réalité : « Otez-vous de mon chemin. »

Elle s'écarta.

— Mais je vous en prie, répliqua-t-elle d'une voix glaciale.

— Charmant, marmonna-t-il en reprenant son chemin.

Quelle impolitesse ! Ce n'était pas étonnant : il avait parlé en anglais et, à en juger par son accent, il était américain. Or, tout le monde savait que les Amé…

Alessia plissa le front, interrompue dans le cours de ses pensées par un détail : n'y avait-il pas quelque chose de familier dans sa voix ? Profonde, veloutée malgré son ton cinglant…

Des exclamations détournèrent l'attention d'Alessia. D'autres passagers venaient d'apparaître. Aucun homme d'âge mûr susceptible d'être Cesare Orsini parmi eux…

« Eh bien, qu'il aille au diable ! »

Pivotant sur elle-même, Alessia se dirigea à grands pas vers la sortie. Deux contraventions étaient coincées sous un essuie-glace de sa Mercedes noire, garée le long du trottoir. Elle les prit d'un geste vif, ouvrit la portière et les lança sur la banquette arrière.

Elle ne voulait plus entendre parler d'Orsini. Son père se débrouillerait tout seul.

Elle s'installa au volant, mit le contact et baissa les vitres. Le grondement poli du moteur n'avait aucun effet sur les gens qui traversaient la route devant son capot.

Elle insista, à petits coups d'accélérateur, faisant parfois gronder le moteur un peu plus fort. Le flot de piétons montra une certaine résistance, mais peu à peu un passage se dégagea. Elle accéléra.

Et heurta quelque chose.

Les piétons traversaient désormais derrière sa voiture, et elle put constater qu'elle venait de casser un des feux arrière de la voiture qui se trouvait devant elle, dont elle reconnut immédiatement la marque. *Dio,* il ne manquait plus que ça ! Pourquoi fallait-il que ça tombe sur une Ferrari ? La portière du conducteur s'ouvrit, un homme descendit, se pencha sur l'arrière de son bolide puis se tourna vers elle.

Cavolo !

L'Américain ! Manifestement hors de lui… Prenant une profonde inspiration, Alessia descendit à son tour de voiture, aux lèvres son sourire professionnel maintes fois rodé, celui qui en temps normal apaisait les tensions.

— Excusez-moi, je ne vous avais pas vu.

— Vraiment ? A ce stade de myopie, on évite de conduire !

Elle réprima un repartie cinglante. Du calme… Elle ne rêvait que d'une chose : rentrer chez elle — ou plutôt à la villa Antoninni, ce qui n'était pas tout à fait la même chose —, se débarrasser au plus vite des instruments de torture qu'elle avait aux pieds, enlever son tailleur froissé et se servir un bon verre de vin…

— Eh bien ? Vous n'avez rien de plus à dire ?

Le ton de cet homme était vraiment détestable. Comme si c'était sa faute ! Après tout, il était garé dans une zone de stationnement interdit, lui aussi — ce mufle lui donnait une furieuse envie d'être de mauvaise foi !

— D'abord vous me bousculez, ensuite vous emboutissez ma voiture ! s'exclama-t-il. Vous êtes une véritable calamité, ma parole !

— Et vous, vous êtes un goujat.

L'homme s'esclaffa.

— Ça c'est la meilleure !

— Il est inutile de poursuivre cette conversation, déclara-t-elle en s'exhortant au calme. Je suggère que nous échangions les références de nos assurances. Il n'y a que des dégâts matériels légers. Par conséquent, je veux bien oublier votre grossièreté et…

— Ma grossièreté ? De mieux en mieux ! Mais quel est donc le problème de ce fichu pays ? Pas de vols directs depuis New York ! Une escale à Rome qui dure trois heures au lieu d'une demi-heure ! Et impossible de louer un jet parce que…

— Parlez-vous italien ? le coupa-t-elle.

Elle avait plissé les yeux, intriguée par ses paroles : ainsi, il arrivait de New York…

L'homme la regarda comme si elle avait perdu la raison.

— Pardon ?

— Je vous ai demandé si vous…

— Non, je ne parle pas italien. Juste quelques mots. Mais qu'est-ce que… ?

— Dites quelque chose en italien.

Il lui lança un nouveau regard atterré. Puis il haussa les épaules et dit quelques mots dans sa langue.

Alessia étouffa un petit cri. Pas à cause du sens de ses paroles — elles étaient grossières et concernaient sa santé mentale à elle. Mais il avait parlé dans un mélange d'italien et de sicilien. D'une voix chaude et profonde, malgré son irritation…

— Votre nom ? demanda-t-elle d'une voix éteinte, pressentant l'inéluctable.

Il la regarda de nouveau d'un air abasourdi.

— Comment vous appelez-vous ? insista-t-elle.

Nick secoua la tête : peut-être avait-il atterri dans un univers parallèle…

— Répondez-moi ! Etes-vous Cesare Orsini ?

— Non.

— Vous êtes certain ?

Nicolo éclata de rire.

— Je suis sûre que c'est vous ! reprit-elle. Et vous m'avez fait perdre ma journée ! Je vous attends ici depuis le début de la matinée !

— Si vous m'affirmez que vous êtes Vittorio Antoninni, je ne vous croirai pas, plaisanta Nick, surpris malgré tout.

— Je suis sa fille, Alessia Antoninni.

Elle releva le menton.

— Et, de toute évidence, j'ai raison : vous êtes bien Cesare Orsini !

— Cesare est mon père. Mon nom est Nicolo Orsini.

— Je n'ai pourtant pas été avertie d'un changement de programme.

— Moi non plus, rétorqua sèchement Nick. C'est votre père qui devait venir m'attendre. Mais de toute façon je n'ai besoin de personne, princesse.

— Ce titre n'est plus d'actualité.

Nick promena un regard narquois sur le chignon défait et le tailleur chiffonné d'Alessia Antoninni.

— Oui, ça se voit.

— J'attendais…

— Cesare Orsini. Ça, j'ai compris. Ce qui m'échappe, c'est ce que vous faites ici. Où est votre père ?

— Si vous saviez qu'il devait venir vous attendre, pourquoi n'avez-vous pas précisé votre numéro de vol dans le message que vous avez laissé cette nuit ?

— Je suis vraiment navré de ne pas avoir respecté le protocole, princesse, ironisa Nick.

— Cessez de m'appeler « princesse » ! Et ça n'a rien à voir avec un quelconque protocole. Si vous aviez indiqué le numéro de votre vol…

— Je préférais éviter le comité d'accueil et rester indépendant, l'interrompit-il. Je n'ai aucune envie d'être pris en charge et d'entendre du matin au soir que j'ai une chance inouïe d'avoir la possibilité d'investir dans votre entreprise.

— Je croyais que c'était le mafioso Cesare Orsini qui devait investir, le défia Alessia.

Nick s'avança vers elle, l'air menaçant.

— Je vous conseille de surveiller vos propos, *princesse*. Insultez un Orsini et vous les insultez tous.

Il se demanda aussitôt ce qui lui arrivait. Quand on insultait ses frères — ou pire encore, sa mère ou ses sœurs —, il se sentait offensé, bien sûr. Mais son père ? Pourquoi éprouvait-il soudain le besoin de le défendre ? C'était d'autant plus incompréhensible que Cesare était bel et bien un mafioso…

— Ne comptez pas sur moi pour prétendre que votre père n'est pas ce qu'il est, insista la jeune femme d'un air buté.

Nick la contempla plus attentivement. Des cascades de boucles blondes s'échappaient de son chignon et ses yeux bleu pervenche lançaient des étincelles… Elle était superbe. Comment ne s'en était-il pas rendu compte plus tôt ? Elle était d'une beauté saisissante ; et d'une arrogance insupportable… Tout le mépris du monde était concentré dans le regard qu'elle dardait sur lui. De toute évidence, elle l'avait catalogué dans la même catégorie que son père.

Il crispa la mâchoire.

Malgré son propre mépris pour son père, quelque chose en lui refusait de se désolidariser de lui en détrompant cette aristocrate. Cesare Orsini était d'origine paysanne. Or, en faisant des recherches sur la mafia sicilienne, il avait appris que certains spécialistes attribuaient ses origines à la rébellion de paysans maintenus dans la misère par de riches propriétaires terriens sans scrupule.

Certes, cette découverte n'avait pas modifié son opinion sur les activités de son père. Cependant, le choix de vie de ce dernier apparaissait sous un jour légèrement différent selon qu'on le considérait depuis les Etats-Unis ou depuis l'Italie…

— Votre père aussi est ce qu'il est, répliqua-t-il d'un ton brusque. Mais peut-être préférez-vous oublier que l'existence même de votre vignoble est indissociable de l'exploitation des pauvres diables qui l'ont cultivé à la sueur de leur front.

— Je n'ai pas besoin d'un cours d'économie sociale ! Surtout de votre part ! Et, de toute façon, les temps ont changé.

Nick eut un sourire froid.

— En effet. Aujourd'hui, votre père est obligé de faire appel à moi, un Orsini, pour quémander de l'argent.

— Les Antoninni ne quémandent pas ! s'exclama Alessia en redressant les épaules. Et vous oubliez que c'est à Cesare Orsini que mon père s'est adressé. Pas à vous.

Il sentit la colère irriguer ses veines face aux siècles d'arrogance qui perçaient dans l'attitude de la *principessa*. Cette attitude hautaine lui était insupportable. Il darda sur elle un regard menaçant. A sa grande satisfaction, elle recula d'un pas. Il la saisit par le poignet.

— Il y a un nouveau changement de programme, princesse.

— Lâchez-moi !

Il lui lâcha le poignet, mais ce fut pour refermer son autre main sur sa nuque. Des boucles soyeuses ruisselèrent sur ses doigts.

— Ce n'est plus mon père l'investisseur potentiel, déclara-t-il d'une voix suave. C'est moi.

Les grands yeux pervenche d'Alessia s'écarquillèrent et elle resta bouche bée.

— Croyez-moi, princesse : le seul Orsini avec qui vous allez traiter, c'est moi.

Elle secoua la tête.

— Non, je…

Enfonçant les doigts dans ses cheveux, il la réduisit au silence en s'emparant de ses lèvres.

3.

Le temps s'arrêta.

Alessia fut d'abord trop stupéfaite pour réagir.

Ces bras puissants refermés sur elle… Cette bouche sur la sienne… La chaleur de ce corps tout proche…

Puis elle fut submergée par la fureur et l'indignation. Avec un cri étranglé, elle se débattit, criblant de coups de poing le torse d'Orsini.

Au lieu de la lâcher, ce dernier resserra les doigts sur sa nuque et fit glisser son autre main jusqu'au creux de ses reins.

Outrée, elle se débattit de plus belle, se tortillant contre lui pour tenter de lui faire lâcher prise. Non seulement il ne desserra pas son étreinte, mais elle sentit sa virilité durcir contre son ventre. A son grand dam, un long frisson la parcourut. Réprimant un petit gémissement, elle ferma les paupières. Au moment où ses lèvres s'entrouvraient, il la saisit par les bras et l'écarta brusquement de lui.

Elle rouvrit les yeux et rencontra son regard étincelant. Il méritait une gifle. Pour l'avoir embrassée, puis pour avoir arrêté au moment où elle commençait à lui répondre. Mais en réalité elle avait surtout envie de prendre ses jambes à son cou…

C'était hors de question. Il lui fallait à tout prix garder son calme et montrer à ce malotru qu'il ne l'impressionnait pas.

Avec une lenteur délibérée, Alessia s'essuya la bouche du dos de la main, avant de déclarer d'un ton cassant :

— Si l'objectif était de m'impressionner, il n'est pas

atteint. Et je vous préviens que si vous recommencez ce genre de…

— Epargnez-moi les menaces. Vous n'êtes pas en position d'en faire.

Dio, que cet homme était odieux !

— *Sei un barbaro !*

— Un barbare ? Peut-être, mais vous avez besoin de mon argent. C'est un détail qui a son importance et je vous conseille de ne pas l'oublier.

Alessia serra les dents. Décidément, supporter cet homme était au-dessus de ses forces.

— Désolée, mais il y a un changement de programme, déclara-t-elle d'un ton aussi ferme que possible. La société Antoninni n'est plus ouverte aux investissements extérieurs.

Nick leva les yeux au ciel. Cette pimbêche arrogante éprouvait pour lui un profond mépris. Cela ne l'atteignait guère, car ce mépris était réciproque. Une question se posait donc : pourquoi l'avait-il embrassée ?…

Pour lui donner une leçon ? Non. Il avait des défauts, comme tout le monde, mais jouer les machos n'était pas dans ses habitudes.

En tout cas, ce baiser ne l'avait visiblement pas troublée le moins du monde. Elle était même plus froide et plus hostile que jamais. L'espace d'un instant, il avait pourtant eu l'impression qu'un frémissement la parcourait… Mais, de toute évidence, c'était qu'un effet de son imagination.

— Vous avez compris, *signore* Orsini ? Vous pouvez rentrer chez vous. Retournez parmi les vôtres. Vous n'avez plus rien à faire ici.

Nick se tendit. Le message était clair : il était non seulement un barbare, mais aussi et surtout un mafioso sicilien. Il n'appartenait pas au même monde qu'elle.

— Bien entendu, nous vous rembourserons tous les frais occasionnés par ce long voyage.

Le regard, le ton, l'attitude corporelle : la princesse Antoninni s'adressait visiblement à un inférieur. Furieux et humilié, Nick croisa cependant calmement les bras et s'appuya contre la Ferrari.

— Quelle générosité !

— Ce n'est rien.

Elle jeta un coup d'œil au feu arrière cassé.

— Nous paierons également la réparation, bien sûr. Et à présent, *signore*...

— Le moment est venu de nous dire *arrivederci,* je présume, coupa-t-il d'une voix suave.

Il promena sur elle un regard narquois. Son apparence contrastait de plus en plus avec ses manières hautaines : elle semblait presque sortir du lit... A cette pensée, il fut transpercé par une flèche de désir. Quel plaisir ce serait de renverser cette jeune suffisante sur un lit pour transformer son dédain en passion !

Aussitôt, il s'invectiva intérieurement. Alessia Antoninni était belle, certes, mais elle avait la beauté froide des statues. Aucune douceur, aucune chaleur en elle. Absolument rien d'*humain*. Comment avait-il pu s'imaginer un seul instant au lit avec elle ? Et, surtout, comment avait-il pu l'embrasser ? Il était temps de se ressaisir.

— Comme vous l'avez dit, le voyage a été long. Huit heures de vol entre New York et Rome, puis une attente de trois heures dans l'aéroport. Cela m'a laissé le temps de...

— Vous attendez une compensation immédiate ? Vous avez raison.

Avec incrédulité, Nick la regarda ouvrir son sac, fouiller dedans et en extraire un chéquier.

— Si vous voulez bien m'indiquer un chiffre...

Il lui saisit le poignet et ses doigts s'enfoncèrent dans sa chair, lui arrachant un cri étranglé.

— Etes-vous toujours aussi méprisante, princesse ? Ou bien est-ce seulement avec moi ?

Les yeux d'Alessia lancèrent des étincelles.

— Lâchez-moi, Orsini.

— Je n'ai plus droit à *signore ?*

— Si vous ne me lâchez pas…

— Encore une menace, *principessa ?* Rappelez-vous que vous n'en avez pas les moyens. Au lieu de me menacer, vous feriez mieux de m'écouter.

— Je ne vois pas ce que…

— Je disais donc que le voyage avait été long. Ce qui m'a laissé le temps d'étudier attentivement les documents fournis par votre père. Les informations qu'ils contiennent sont très intéressantes, mais incomplètes.

— J'ignore de quels documents vous parlez et ça ne m'intéresse pas.

— Vous êtes sûre ?

Nick eut un sourire froid avant de reprendre, en détachant lentement chaque syllabe :

— L'entreprise vinicole Antoninni est au bord de la faillite.

A sa grande satisfaction, Alessia pâlit.

— Non seulement elle a souffert de quatre années d'intempéries, mais la gestion de votre père s'avère désastreuse. Je ne connais absolument rien à la viniculture…

— Ravie de vous l'entendre dire !

— … mais évaluer la situation financière d'une entreprise est ma spécialité. Les données que votre père a omises sont au moins aussi significatives que celles qu'il a fournies.

— Je ne comprends pas.

Nick lâcha un ricanement moqueur. Il fallait reconnaître qu'elle mentait bien : elle semblait parfaitement sincère.

— Inutile de prendre cet air innocent. Votre père a dilapidé une grande partie du capital de l'entreprise. Quel est son vice ? Le casino ? Les courses ? Les femmes ?

— Je vous interdis ! protesta Alessia en tentant vainement de libérer son bras.

— Sans argent — et vous savez aussi bien que moi que les deux millions d'euros que votre cher papa réclame ne suffiront pas —, l'entreprise familiale appartiendra bientôt au passé.

— Et vous êtes bien placé pour parler d'entreprise familiale, n'est-ce pas ? persifla Alessia.

Nicolo laissa un rictus cruel étirer ses lèvres. Elle le prenait pour un membre de la mafia ? Tant mieux ! C'était assez jubilatoire de laisser croire à une aristocrate imbue d'elle-même et de son arbre généalogique que le salut du vignoble ancestral dépendait d'un truand.

— Que ça vous plaise ou non, votre père a besoin de mon argent.

— C'est faux !

Nicolo sortit son portable de sa poche et le tendit à Alessia :

— Appelez-le et demandez-lui s'il est d'accord pour me renvoyer chez moi.

Alessia regarda l'appareil comme s'il allait se jeter sur elle pour la mordre. *Bastardo insolente !* Orsini savait qu'elle ne téléphonerait pas à son père, même s'il ignorait pourquoi.

Sa mère…

Sa colère contre ce monstre de machisme lui avait fait perdre de vue l'essentiel. Elle ne pouvait pas se permettre de se débarrasser de lui. Quoi qu'il lui en coûte, il fallait qu'elle le supporte si elle voulait que sa mère reste dans la maison de santé où elle avait trouvé la sérénité. Elle avait conclu un pacte avec le diable…

Dire qu'il avait osé l'embrasser ! Mais était-ce si surprenant ? Les hommes de son espèce n'avaient aucun respect pour les femmes. Ils vivaient encore à l'âge des cavernes…

Alessia inspira profondément. Le meilleur moyen d'affronter la situation, c'était de la considérer d'un point de vue professionnel. Après tout, son métier l'amenait à côtoyer des gens très divers et pas toujours agréables. Si la plupart de ses clients étaient charmants, certains s'avéraient impossibles. Surtout ceux qui se prenaient pour des dieux parce qu'ils avaient de l'argent et un physique agréable.

Nicolo Orsini appartenait sans aucun doute à cette catégorie. Pourquoi ne saurait-elle pas s'y prendre avec lui comme avec ses clients ? De toute façon, étant donné les circonstances, elle n'avait pas le choix.

— Un problème ? Vous avez oublié le numéro de téléphone de papa ?

Elle leva les yeux. Le fils de Cesare Orsini n'avait pas un physique seulement agréable mais exceptionnel. Dans le cadre de son travail elle avait croisé beaucoup d'hommes séduisants, mais jamais d'aussi superbes que lui. Ses épais cheveux bruns impeccablement coupés, ses lèvres au dessin ferme, chaudes et douces, qui…

— Le spectacle est à votre goût, princesse ?

Alessia tressaillit. Le ton sarcastique de Nicolo Orsini était aussi déplaisant que l'éclat de ses yeux noirs. Il avait remarqué qu'elle le dévisageait et, à son grand dam, elle sentit ses joues s'empourprer.

Comment pouvait-elle le trouver séduisant ? Comme si l'apparence avait la moindre importance ! C'était la première fois de sa vie qu'elle avait une réaction aussi superficielle… Heureusement, il était impossible d'oublier très longtemps que cet homme était au moins aussi odieux qu'il était beau !

— Je reconnais que vous n'êtes pas désagréable à regarder, répliqua-t-elle d'un ton posé. Ce qui prouve bien que les apparences sont trompeuses.

Nicolo haussa les épaules.

— Si vous le dites, *principessa*.

Elle s'attendait à une riposte cinglante et fut déconcertée par cette réaction. Du coup, elle se fit la leçon : puisqu'elle n'avait pas d'autre choix que de s'occuper de lui pendant son séjour, il serait judicieux d'éviter de mettre de l'huile sur le feu.

Demain matin, tour du vignoble et visite des installations. Demain soir, dîner mondain. Et, après-demain, elle serait débarrassée de lui. Ça ne devrait pas être insurmontable.

D'autant plus qu'elle n'allait pas être obligée de lui servir de chauffeur, comme l'avait prévu son père. Il voulait rester indépendant ? Elle en était la première ravie ! Il avait déjà loué une voiture et sans doute avait-il réservé une chambre. Sinon, elle se ferait un plaisir de lui indiquer un hôtel. Oui, finalement la corvée devrait être moins pénible que prévu…

La voix de Nicolo la tira de ses réflexions. Il était au téléphone et informait l'agence de location qu'il laissait la Ferrari devant l'aéroport. Il avait eu un léger accrochage, mais son assurance réglerait le problème. Non, la voiture n'était pas hors d'état de rouler, mais finalement il n'en avait pas besoin.

— Mais si ! s'exclama-t-elle, effarée. Vous en avez besoin pour vous rendre à l'hôtel !

L'ignorant superbement, il passa un nouveau coup de téléphone pour annuler sa réservation au Borghese Palace, puis il ferma son portable.

— Votre père avait prévu que je loge chez vous et que vous me serviez de guide, n'est-ce pas, princesse ?

— Arrêtez de m'appeler comme ça !

— C'est pourtant ce que vous êtes, non ? Une princesse qui exploite les paysans.

Alessia serra les dents. Mieux valait éviter de répondre. D'un signe de tête, elle indiqua la Mercedes.

— Montez.

— Quelle charmante invitation…

Elle s'installa au volant et attendit que son passager ait récupéré son bagage dans la Ferrari et réglé son siège pour dégager de la place pour ses jambes. Puis elle démarra et s'engagea dans la circulation.

— Deux jours, marmonna-t-elle entre ses dents.

— Vous dites ?

Le ton faussement courtois d'Orsini la hérissa.

Dio, elle le haïssait ! Pourquoi avait-il brusquement renoncé à l'hôtel ? S'il logeait à la villa, elle allait devenir folle !

— Je peux vous accorder deux jours, déclara-t-elle en s'arrêtant à un feu rouge. Ce qui vous laisse largement le temps de faire le tour du vignoble, de voir le processus de fabrication et de rencontrer les responsables de l'entreprise.

Deux jours c'était exactement le temps qu'il avait prévu de rester en Toscane… Mais le ton supérieur de son charmant chauffeur lui déplaisait fortement.

— Deux jours ?

— Oui. C'est amplement suffisant pour…

— Deux semaines, coupa-t-il. Et, bien sûr, je compte sur votre disponibilité vingt-quatre heures sur vingt-quatre et sept jours sur sept.

Devant l'air consterné d'Alessia, il faillit éclater de rire. C'était d'autant plus comique qu'il n'était pas certain de comprendre lui-même les raisons de ce nouveau changement de programme…

— Vous êtes *pazzo !* s'écria-t-elle d'une voix étranglée. Il est absolument hors de question que je…

Il se pencha vers elle et captura sa bouche. Elle tenta de se dérober, mais il referma la main sur sa mâchoire et continua de l'embrasser jusqu'à ce qu'elle laisse échapper un petit gémissement.

Un coup de Klaxon retentit derrière eux : le feu était passé au vert. Nick lâcha sa proie et se cala dans son siège, les yeux fixés sur la route.

— Deux semaines. Si vous voulez avoir une chance de renflouer votre société, c'est le temps qu'il faudra m'accorder.

Alessia lui lança un regard meurtrier, tandis qu'un concert de Klaxon se déclenchait derrière eux. Elle démarra en poussant un juron d'une élégance douteuse…

4.

Dans la vie, garder son sang-froid et rester maître de la situation en toute circonstance était primordial. Tous les fils de Cesare Orsini avaient appris très tôt cette règle de conduite.

Comme ses frères, Nicolo l'avait toujours suivie. Dans les rues de Little Italy pendant son enfance et son adolescence, dans les zones de combat quand il était dans les marines et désormais dans les salles de réunion où il négociait des contrats portant sur des millions de dollars.

Mais là, sur le siège passager de la Mercedes conduite par Alessia Antoninni, le contrôle de la situation lui échappait totalement. Et il n'allait pas tarder à perdre son sang-froid…

Il jeta un coup d'œil exaspéré à la jeune femme. Quel âge pouvait-elle avoir ? Vingt-cinq ans ? Vingt-six ? Il avait une tante de quatre-vingt-cinq ans qui conduisait mieux qu'elle ! La Mercedes atteignait péniblement les cinquante kilomètres/heure, alors que les autres véhicules roulaient au moins deux fois plus vite, comme les y autorisait la réglementation. En d'autres termes, Alessia Antoninni était un véritable danger public !

Soit elle n'en était pas consciente, soit elle s'en moquait éperdument. Ce serait sûrement amusant dans une bonne comédie mais, pour sa part, il n'avait aucune envie de rire. A vrai dire, il commençait même à comprendre le sens du mot « peur », qu'il ignorait jusque-là.

Les conducteurs qui arrivaient derrière eux étaient

obligés de faire des embardées pour les éviter et, comme madame la princesse avait décidé de rester dans la file du milieu, ceux qui les doublaient par la droite ne se privaient pas d'accompagner leurs coups de Klaxon de gestes très imagés — les mêmes avaient cours à Manhattan et en Toscane semblait-il…

Impassible, Alessia continuait sa route à la même allure d'escargot arthritique.

Nick s'éclaircit la voix, décidé à réagir, avec diplomatie.

— La voiture a un problème ?

Silence.

— Parce que… si c'est la raison pour laquelle nous roulons aussi lentement…

— Je roule à la vitesse appropriée, trancha la jeune femme.

— Eh bien… je ne pense pas, non.

— Je me moque de ce que vous pensez.

Nick joignit les mains devant son visage et expira lentement. La diplomatie ne servait à rien…

— Rouler aussi lentement sur une voie express est très dangereux, déclara-t-il d'un ton plus ferme.

— Ce sont les autres automobilistes qui conduisent trop vite.

— Vous êtes sérieuse ?

— Evidemment ! Moi, je roule à la vitesse appropriée aux conditions de circulation.

— Les conditions sont parfaites, non ? Le temps est beau, la route droite et en parfait état, la circulation fluide…

— C'est *moi* qui conduis, pas vous.

— D'accord, mais…

Un énorme camion les doubla sur la droite.

— Ecoutez, princesse…

— C'est *ma* voiture. Et *mon* pays. Je sais à quelle vitesse je dois rouler. Et arrêtez de m'appeler princesse ! Combien de fois faut-il vous le répéter ?

— C'est pourtant bien ce que vous êtes, non ?

— Pas vraiment. La monarchie italienne a pris fin en

1946. Les titres ne signifient donc plus rien aujourd'hui. Ce sont des vestiges d'une épo…

Un tonitruant coup de Klaxon l'interrompit.

— *Merda !* s'emporta Nick. Cette voiture a failli…

— Son conducteur roule trop vite, coupa Alessia d'un ton péremptoire.

Il s'enfonça dans son siège en secouant la tête.

— Je dirais volontiers deux mots à la personne qui vous a appris à conduire.

Alessia lui jeta un coup d'œil furtif avant de reporter nerveusement son attention sur la route.

Elle n'avait effectivement appris à conduire que récemment. Mais pas question de le reconnaître, surtout devant Orsini. Ce serait trop humiliant d'avouer qu'elle avait passé son permis très tard parce que, pendant longtemps, elle avait subi l'autorité paternelle sans réagir.

Un peu avant dix-huit ans, elle avait exprimé le souhait d'apprendre à conduire, mais le prince lui avait répondu que pour une femme de son rang c'était inutile. Préférant éviter l'affrontement, elle n'avait pas insisté. Quelques mois plus tard, elle était partie faire ses études à Rome, où elle s'était contentée sans problème des transports publics.

Au bout de trois ans, elle était rentrée en Toscane avec un diplôme, qu'elle avait emporté lors d'une de ses visites à la maison de santé pour le montrer à sa mère. Celle-ci avait contemplé le document un instant, puis avait levé les yeux vers elle.

— Prends ta vie en main, *mia bambina.* Ne le laisse pas étouffer l'énergie qui est en toi.

Alessia n'avait pas eu besoin de lui demander de qui elle parlait… Ce conseil maternel avait été un déclic. De retour à la villa Antoninni, elle avait fait ses valises et était repartie pour Rome, où elle avait pris un appartement en colocation avec trois amies. Incapable d'accepter son désir d'indépendance, son père, qui n'envisageait rien d'autre pour elle qu'un beau mariage, lui avait coupé les vivres.

Elle avait trouvé un emploi de serveuse et avait décidé d'apprendre à conduire. Une de ses colocataires possédait une vieille Fiat. Alessia l'avait convaincue de l'emmener à la campagne pour lui donner une leçon.

L'expérience s'était révélée assez pénible — son amie ayant passé son temps à marmonner des prières — mais, à la fin de la journée, elle savait conduire. Plus ou moins… Après de nouvelles leçons en auto-école, elle avait obtenu son permis. Cependant, elle se sentait mal à l'aise au volant, en particulier dès que la circulation devenait un peu trop dense.

La présence d'un passager n'arrangeait rien, surtout quand il était aussi hostile et déstabilisant que Nicolo Orsini…

Comment pouvait-il donner l'impression de remplir la voiture à lui tout seul ? C'était comme si la Mercedes avait soudain rapetissé. Si seulement elle avait écouté son père et accepté d'utiliser sa voiture avec chauffeur ! Mais c'était justement par esprit de contradiction qu'elle avait tenu à prendre la sienne…

— *Figlio di puttana !*

Le rugissement de Nicolo couvrit presque le coup de corne de l'énorme camion qu'Alessia venait de frôler. Elle poussa un cri aigu. Son passager se pencha vers elle, saisit le volant et redressa la voiture. La gorge sèche, elle tremblait de tout son corps. L'incident n'avait pas pu durer plus d'une seconde et, pourtant, elle avait vu toute sa vie défiler devant elle…

— Cette fois ça suffit ! Rabattez-vous sur la droite et garez-vous sur le bas-côté ! lui intima Orsini.

Les doigts crispés sur le volant, elle jeta un coup d'œil indécis dans le rétroviseur. Il prit de nouveau le contrôle du volant. Dans un concert de Klaxon rageurs, ils virèrent sur la file de droite, puis sur le bas-côté.

— Freinez ! hurla Nick.

Elle obtempéra et la voiture s'immobilisa dans une violente secousse.

Pendant quelques secondes, ils restèrent immobiles. Puis Nick lâcha le volant et éteignit le moteur.

— Descendez.

Elle tourna lentement la tête vers lui.

— Pardon ?

— Faites ce que je vous dis ! Sortez de cette fichue voiture !

Hérissée, elle sortit de son hébétude. De quel droit lui parlait-il sur ce ton ?

— Je ne reçois d'ordres de personne !

Nick lâcha un chapelet de jurons siciliens, qu'il croyait avoir oubliés depuis des années. Avec des gestes brusques, il détacha sa ceinture, ouvrit sa portière, descendit, fit le tour du capot, ouvrit la portière d'Alessia, arracha presque sa ceinture de sécurité et la tira dehors.

— Qu'est-ce qui vous prend ? protesta-t-elle en s'efforçant de dégager son bras.

— Etes-vous consciente que vous avez failli nous tuer ?

— Pas du tout, c'est le chauffeur du camion qui…

— Taisez-vous ! Vous êtes un danger public et vous avez failli provoquer un accident grave !

Alessia faillit éclater en sanglots. C'était vrai… Et la frayeur rétrospective l'empêchait de respirer normalement. Mais pourquoi l'avouerait-elle à cet homme odieux ?

— Lâchez-moi !

— Gardez ce ton impérieux pour quelqu'un que vous n'avez pas tenté d'assassiner. Pour l'instant, allez vous asseoir à la place du passager et tenez-vous tranquille.

— Je ne reçois d'ordres de… Qu'est-ce que vous faites ?

Nick souleva Alessia et la balança sur son épaule. Pleurant de rage, elle cribla son dos de coups de poing tandis qu'il faisait le tour de la voiture.

— Reposez-moi !

— Avec plaisir, répliqua-t-il en s'exécutant.

— *Bastardo*, siffla-t-elle. *Siete come tutti i uomini !*

Comme tous les hommes, vous pensez que les femmes sont incapables de se débrouiller seules.

Nick leva les yeux au ciel : il fallait la faire taire…

— Vous êtes persuadé qu'elles ont besoin de vous pour…

La saisissant par les épaules, il la bâillonna d'un profond baiser.

Elle se débattit furieusement, mais Nick continua de l'embrasser, tout en se demandant ce qui lui prenait.

Cette réaction était insensée. Il n'éprouvait aucune attirance pour elle et, de surcroît, Alessia Antoninni avait failli le tuer ! Agissait-il ainsi par colère ? Non. Ce serait ridicule…

Alessia cessa soudain de se débattre et l'esprit de Nicolo se vida. Son baiser devint passionné. Avec un petit gémissement, elle noua les bras autour de sa nuque et enfonça les doigts dans ses cheveux. Submergé par une bouffée de désir, il glissa les mains sous sa veste, puis sous son corsage pour savourer la douceur de sa peau soyeuse.

Dans un bruit de moteur, une voix masculine cria quelque chose que Nick ne comprit pas. Cependant, inutile d'être linguiste pour deviner l'obscénité du message.

Il s'arracha à la bouche d'Alessia et le réel reprit ses droits : il se trouvait au bord d'une route très fréquentée, avec dans les bras une femme odieuse, qu'il connaissait à peine et n'avait aucune envie de connaître mieux. Pourtant, si le commentaire gouailleur hurlé par un automobiliste ne l'avait pas ramené sur terre, il n'aurait pas hésité à la renverser sur le capot de la Mercedes pour relever sa jupe et la prendre sauvagement. Depuis quand était-il devenu une brute épaisse ?

Alessia ouvrit les paupières et le regarda d'un air interdit. Puis la stupeur laissa place à la répulsion. Elle dit quelques mots en italien que Nicolo ne comprit pas, mais dont il saisit aisément le sens.

— Je suis désolé. Je ne sais pas ce qui m'a…

Elle le gifla.

— D'accord. Si ça peut vous calmer…

Elle le gifla de nouveau — ou du moins elle essaya car il bloqua sa main juste à temps.

— Ça suffit !

— Espèce de... de monstre !

Comme injure il avait déjà entendu pire. Mais son attitude lui semblait quelque peu injuste : s'il avait pris l'initiative du baiser, elle y avait répondu...

— Calmez-vous.

— Me calmer ? Après ce que vous avez fait ?

— Ce que j'ai fait ? Je nous ai sauvé la vie, il me semble.

— Je ne parle pas de ça ! Je parle de ce... cette démonstration répugnante de machisme primaire !

Les yeux étincelants, Alessia libéra sa main d'un geste vif.

— Pour qui vous prenez-vous ? lança-t-elle.

Une nouvelle fois, Nick perçut tout le mépris de l'aristocrate toscane pour le bandit sicilien.

— Pour ce que je suis, répliqua-t-il d'une voix suave. L'investisseur qui peut sauver le prince Antoninni de la faillite. A condition que sa fille soit très gentille avec lui, bien sûr.

Alessia eut un mouvement de recul et Nicolo se maudit. Comment pouvait-il tenir des propos aussi ignobles ? Décidément, il ne se reconnaissait pas. Cette femme avait le don de le mettre dans une rage folle. Il n'avait qu'une envie : l'empoigner et la secouer comme un prunier jusqu'à ce qu'elle abandonne cet air supérieur. Ou bien l'embrasser encore et encore, pour qu'elle oublie qui elle était et qui elle croyait qu'il était... Elle enfoncerait alors les doigts dans ses cheveux et lui rendrait son baiser en pressant son corps frémissant contre le sien...

D'une main nerveuse passée sur son visage, Nick reprit ses esprits. Il s'éclaircit la voix.

— Montez.

Alessia resta immobile, échevelée, se tenant bizarrement de guingois. A peine avait-il fait ce constat que Nick vit qu'elle avait perdu une chaussure. Quand il l'avait balancée sur son épaule, peut-être…

Malgré tout, elle restait superbe.

D'un signe de tête impérieux, il indiqua la portière côté passager restée ouverte. Alessia le foudroya du regard mais monta.

Il claqua la portière et fit le tour de la voiture. Avant d'y grimper à son tour, il ramassa l'escarpin qui gisait dans l'herbe. Il le lança sur la banquette arrière et se mit au volant.

Pendant une heure, le silence régna dans la Mercedes, avant qu'Alessia annonce froidement :

— Il faut tourner à droite dans une centaine de mètres. Un panneau indique la propriété.

La nuit était tombée depuis un moment et une petite pancarte de bois apparut dans la lumière des phares. Sous le nom Antoninni, écrit en lettres dorées, figuraient des armoiries. Un griffon, un écu et une épée. Nick se demanda alors quelles pourraient être les armoiries des Orsini. Un pistolet, un poignard et un paquet de dollars ?

Il tourna dans une allée majestueuse bordée de peupliers. Au bout, légèrement surélevée, se dressait une villa imposante et élégante.

— Vous pouvez vous garer devant la maison.

— Comme c'est aimable à vous de m'y autoriser.

Il regretta aussitôt son ton sarcastique. Ce n'était pas un ordre qu'elle venait de lui donner, mais juste une indication.

Il s'arrêta au pied d'un large escalier de pierre. Le temps qu'il coupe le moteur et descende de voiture, Alessia avait déjà monté les marches, d'une démarche bancale puisqu'elle n'avait toujours qu'une chaussure aux pieds. Nick prit son sac de voyage et l'autre chaussure sur la banquette arrière, puis la rattrapa sur le perron. Au même instant une lourde porte à double battant s'ouvrit, laissant jaillir un flot de lumière.

Dans le contre-jour apparut un homme qui semblait sortir tout droit d'un film muet.

— Voici Joseph, déclara Alessia d'un ton crispé. Il va vous conduire à votre chambre.

Elle avait parlé sans daigner le regarder. Nick eut un sourire narquois.

— Princesse ?

Il lui lança la chaussure alors qu'elle se tournait vers lui.

Elle la rattrapa de justesse, ouvrit la bouche, puis la referma ; elle se chaussa et pénétra dans la maison d'une démarche altière.

Joseph était resté impassible, stylé comme un vrai majordome anglais.

— Par ici, s'il vous plaît, *signore,* dit-il en tendant la main pour prendre le sac de Nicolo.

— Je suis capable de porter mon sac moi-même, merci.

Nick avait conscience du caractère puéril et mesquin de son attitude, mais c'était plus fort que lui...

Il pénétra dans un hall d'une vertigineuse hauteur sous plafond et suivit le domestique jusqu'au deuxième étage. La villa au décor surchargé avait tout d'un musée : meubles anciens, objets d'art, chérubins dorés, portraits d'ancêtres... Non. A la réflexion, n'importe quel musée était plus chaleureux que cette bâtisse prétentieuse et sinistre.

Joseph le conduisit dans une suite. Salon, chambre, salle de bains, balcon. Le *signore* désirait-il qu'on défasse son sac ? Nick déclina la proposition. Voulait-il manger quelque chose ? Il faillit refuser également, par pur esprit de contradiction, puis il se ravisa et demanda un sandwich et du café.

Après le départ du majordome, il enleva sa veste et sa cravate, défit quelques boutons de sa chemise, remonta ses manches et se laissa tomber sur le lit. Il croisa les bras derrière la tête et fixa le plafond, où un berger et une bergère semblaient prêts à succomber à l'appel de la chair.

La villa était visiblement très ancienne. Et sans aucun

doute d'une grande valeur marchande. Le prince l'y avait-il invité dans le but de l'impressionner ? Dans ce cas, c'était raté ! Son appartement de Manhattan valait au moins autant que cette villa majestueuse.

Nick eut une moue agacée. D'ordinaire il se moquait éperdument de ce genre de détails ! Que lui arrivait-il ?

Il se releva, déboutonna sa chemise, la lança sur le dossier d'un fauteuil et gagna la salle de bains. Une douche bien chaude, un sandwich et une bonne nuit de sommeil lui remettraient les idées en place.

Quelques heures plus tard, Nick dut se rendre à l'évidence : son plan avait échoué… La douche lui avait fait un bien fou, la collation apportée par Joseph était parfaite — salade, fromage, fruits et crackers en plus du sandwich et d'un excellent café —, le lit était très confortable… mais impossible de dormir !

A 2 heures, Nick sortit sur le balcon et contempla le parc baigné par le clair de lune. Tout à coup, il sentit une présence.

Ses yeux fouillèrent la pénombre et il repéra finalement une silhouette. Une femme vêtue d'un long peignoir vaporeux se promenait dans les allées, ses boucles dorées flottant librement sur ses épaules.

Alessia.

Sans réfléchir, Nick rentra dans la chambre et enfila un jean. Puis, sans chemise et nu-pieds, il descendit l'escalier extérieur qui partait de son balcon. Quelques secondes plus tard, il referma les mains sur les épaules d'Alessia et la fit pivoter vers lui. Elle parut à peine surprise.

— *Signore.*

Nick prit sa beauté de plein fouet. Une vraie héroïne de film… ou une princesse de conte de fées, même s'il ne croyait plus à ces histoires depuis longtemps.

— Mon nom est Nicolo, murmura-t-il.

Après une brève hésitation, elle répéta :

— Nicolo… Que faites-vous ici ?

— Je n'arrivais pas à dormir. De toute évidence, vous non plus.

— Je… Je n'arrête pas de penser à ce qui s'est passé tout à l'heure, sur la route.

— Moi aussi.

— *E colpa mia,* murmura-t-elle. C'est ma faute. Je… je ne conduis pas très bien.

En temps normal, cet euphémisme l'aurait fait rire mais là, curieusement, Nick ne s'en sentit pas du tout l'envie.

— Non, en effet. Mais moi, ce n'était pas à votre façon de conduire que je pensais.

Il cala une boucle dorée derrière l'oreille d'Alessia, puis il prit son visage entre ses mains.

— C'est à notre baiser.

A la lueur du clair de lune, il vit ses joues s'enflammer.

— Je n'ai pas envie de parler de ça.

Pas étonnant puisqu'elle le méprisait. Et c'était réciproque. A priori… Il soupira. Elle avait raison : mieux valait ne pas parler.

Alors, il la prit dans ses bras et emprisonna ses lèvres jusqu'à ce qu'elle s'alanguisse contre lui pour lui répondre avec la même ardeur.

Puis il la lâcha et tourna les talons.

5.

Nick se levait tôt.

Une habitude prise dans les marines et conservée après son retour à la vie civile. Il trouvait exaltant le silence du petit matin, surtout à Manhattan. Il aimait faire son jogging dans Central Park avant que les touristes l'envahissent — à moins bien sûr qu'une femme ne dorme dans son lit.

Ce n'était pas le cas aujourd'hui, mais c'était bel et bien l'image d'une femme qui l'avait tenu éveillé une bonne partie de la nuit.

Pourtant, Alessia Antoninni était une princesse arrogante, profondément antipathique. A supposer que l'amour existe, ce dont Nick doutait fortement, il n'était pas nécessaire d'aimer une femme pour la désirer ; mais il fallait tout de même l'apprécier un tant soit peu !

Cette situation était insensée…

Alors que l'aube répandait dans le ciel une douce clarté rosée, Nick renonça à essayer de se rendormir. Il se leva, enfila un vieux T-shirt de l'armée, un short et des baskets, puis descendit dans le parc par l'escalier extérieur et se mit à courir.

Huit kilomètres, dix, douze : il n'avait aucune idée de la distance parcourue. Mais, alors que la sueur lui brouillait la vue et que le souffle commençait à lui manquer, il n'était toujours pas parvenu à chasser de son esprit toutes les questions qu'il se posait au sujet de la princesse.

Lorsqu'il regagna la villa, le soleil avait commencé son

ascension. Il monta l'escalier sans cesser de courir et gagna directement la salle de bains pour boire.

Il fit la grimace : l'eau crachée par le robinet d'eau froide était vaguement tiède. Frustré, il décida de descendre dans la cuisine. Avec un peu de chance, il trouverait des bouteilles d'eau fraîche au réfrigérateur… Il s'essuya le visage avec une serviette, enroula celle-ci autour de son cou et ouvrit la porte donnant sur le couloir.

La maison était encore silencieuse.

Il descendit le grand escalier de marbre et se dirigea vers le fond du hall. La cuisine devait se trouver par là… Ni majordome ni domestique en vue.

Il se dirigea vers une porte ouverte. Oui, c'était bien la cuisine, immense, mais quelqu'un l'avait devancé.

Devant le réfrigérateur, lui tournant le dos, Alessia buvait de l'eau à la bouteille.

Surpris, Nick s'immobilisa, faisant crisser sa semelle sur le sol dallé. Alessia tressaillit et le goulot lui glissa des lèvres. Elle parvint à rattraper la bouteille, non sans s'être éclaboussée. Lorsqu'elle se retourna, le regard de Nick fut irrésistiblement attiré par le sein haut, rond et ferme qui pointait sous le T-shirt mouillé. Immédiatement, le désir embrasa ses sens.

— Que faites-vous ici ? demanda-t-elle.

Son ton hautain contrastait avec sa tenue. Short, débardeur, baskets, cheveux relevés en queue-de-cheval, front humide de sueur.

Il la revit telle qu'elle était la veille au soir dans le jardin, en peignoir de satin dans le clair de lune, les cheveux flottant librement sur les épaules. Quand il l'avait embrassée, elle lui avait rendu son baiser…

Il leva les yeux sur son visage. Ses joues étaient en feu et son pouls battait frénétiquement à la base de son cou. Pensait-elle comme lui à ce baiser ?

— Que faites-vous ici, *signore* ? répéta-t-elle.

— Je venais voler l'argenterie, bien sûr.

Elle s'empourpra, consciente de son impolitesse.

— Je ne voulais pas… Vous m'avez fait peur, c'est tout.

— Désolé. Je suis allé courir et, en rentrant, j'ai eu envie de boire de l'eau fraîche. Apparemment, vous avez couru vous aussi.

Alessia déglutit péniblement. Pourquoi se sentait-elle aussi embarrassée ? Elle venait de courir, certes, pourquoi aurait-elle dû en avoir honte ? Elle courait tous les matins depuis qu'elle avait découvert, des années auparavant, ce plaisir et le merveilleux sentiment de liberté qu'il procurait. Chaque fois, elle avait la sensation de laisser son vieux « moi » derrière elle. C'était une illusion, bien sûr, mais elle aimait également l'effort, les douleurs dans les muscles, l'essoufflement. Et puis son père désapprouvait cette habitude qu'il trouvait vulgaire : peut-être était-ce aussi pour cette raison que courir lui plaisait autant…

Elle baissa un instant les yeux, puis se reprit. Pourquoi Nicolo Orsini la regardait-il ainsi ? L'intensité de ses yeux noirs était très déstabilisante ; elle avait l'impression qu'il percevait une facette d'elle qu'elle ne voulait montrer à personne.

Le souvenir de leur rencontre dans le jardin la veille au soir s'imposa à elle. Il l'avait embrassée, et elle n'avait pas pu s'empêcher de lui rendre son baiser…

A son grand dam, elle fut parcourue d'un long frisson. Son instinct lui soufflait de prendre ses jambes à son cou ; malheureusement, elle ne pouvait pas se le permettre.

Elle releva le menton.

— Je suis chez moi. Je suis libre de courir si j'en ai envie.

Dio, quelle réflexion stupide ! se morigéna-t-elle aussitôt. Pourquoi son cerveau tombait-il en panne dès qu'elle se trouvait en face de cet homme ?

— Bien sûr, répliqua Nicolo d'un ton neutre. Alors que moi, j'aurais dû demander l'autorisation…

— Non, ce n'est pas du tout ce que je voulais dire !

Mais qu'avait-elle voulu dire ? Elle n'en avait aucune

idée. D'un mouvement vif, comme si son corps venait au secours de son esprit et faisait diversion, elle ouvrit le réfrigérateur et en sortit une bouteille d'eau.

— Tenez, dit-elle en la tendant à Nicolo.

— Merci.

Les doigts de son invité effleurèrent les siens et une décharge la fit sursauter. Elle eut un petit rire nerveux.

— C'est de l'électricité statique…

Sans répondre, il déboucha la bouteille et but une longue gorgée au goulot. Un filet d'eau coula sur son menton et descendit le long de son cou. Comme il serait délicieux de le lécher du bout de la langue…

Horrifiée par cette pensée sacrilège, Alessia laissa échapper un petit gémissement, qu'elle s'efforça de dissimuler sous une toux factice. Avait-elle perdu la raison ? Mais elle avait beau essayer, elle ne parvenait pas à détacher ses yeux de cet homme… Comment pouvait-il être à la fois aussi odieux et aussi séduisant ?

Son T-shirt humide de sueur et son short mettaient en valeur son corps d'athlète : épaules larges, torse puissant, ventre plat, longues jambes musclées. Et puis, bien sûr, ce visage aux traits énergiques, cette bouche sensuelle qui pouvait capturer la sienne avec une passion sauvage ou une tendresse désarmante…

— … ensemble.

Alessia atterrit brusquement. De quoi parlait-il ?

— Pardon ?

Nicolo la dévisagea curieusement.

— Demain nous pourrions courir ensemble.

— Oh… Non, je ne crois pas.

Alessia se détourna pour poser sa bouteille à côté de l'évier et tenta de se ressaisir.

— Nous avons rendez-vous avec les responsables de l'entreprise dans une heure, déclara-t-elle d'un ton froid. Il est temps que j'aille me préparer.

Nicolo laissa fleurir un sourire moqueur tandis qu'elle

passait devant lui de sa démarche altière. Elle pouvait jouer les princesses de glace si ça la rassurait, mais il avait vu briller furtivement dans ses yeux une lueur qu'il connaissait bien pour l'avoir souvent aperçue dans le regard des femmes.

Cependant, c'était la première fois que la lueur en question provoquait chez lui une réaction aussi intense. Il avait dû faire appel à tout son sang-froid pour se conduire en homme civilisé, comme si de rien n'était…

S'il s'était écouté, il l'aurait rejointe en deux enjambées pour l'embrasser. Puis la hisser sur le comptoir, relever son T-shirt et mordiller les pointes hérissées de ses seins, glisser la main dans son short… Plonger les doigts dans sa chaleur moite…

Nick s'ébroua, furieux contre lui-même. Il vida sa bouteille d'eau d'un seul trait, puis regagna sa suite pour prendre la douche la plus glacée de sa vie.

Ce traitement de choc n'eut pas l'effet escompté. En sortant de la salle de bains, il pensait toujours à Alessia et à ce qui s'était passé dans la cuisine — ou plutôt : à ce qui ne s'était *pas* passé…

Il se trouvait ridicule. Complètement ridicule !

Il mit son uniforme d'investisseur : chemise blanche sur mesure en fin coton, cravate de soie grenat, boutons de manchette en or, costume Armani anthracite.

Les miroirs du dressing lui renvoyèrent l'image d'un homme d'affaires sérieux et respectable. Mais, quoi qu'il fasse, la princesse toscane continuerait de voir en lui un paysan sicilien devenu mafioso…

Nick tira sur ses boutons de manchette et lissa sa cravate. Si elle le méprisait à ce point, pourquoi avait-elle répondu à son baiser, hier soir ?

Il prit une profonde inspiration dans l'espoir de se débarrasser de cette obsession. Il n'était tout de même plus un adolescent ! Décidé, il opta pour un retour au plan initial :

il ne resterait que deux jours en Toscane. Prolonger son séjour pendant deux semaines était une très mauvaise idée.

Il allait comme prévu rencontrer les responsables de la société et visiter les installations. Dès qu'il aurait obtenu les informations qui lui manquaient, il prendrait le premier avion pour New York. Il était là pour affaires, et seules les affaires l'intéressaient.

Alessia l'attendait au pied de l'escalier, aussi élégante que la veille et plus du tout chiffonnée : chignon impeccable, tailleur gris pâle et corsage de soie blanche. Ses escarpins noirs avaient des talons beaucoup plus raisonnables que ceux qu'elle portait à l'aéroport.

Et elle promena sur lui un regard évaluateur.

— C'est la dernière mode chez les mafiosi de New York, plaisanta-t-il.

— Il faut reconnaître que c'est plus élégant que les tatouages, rétorqua-t-elle sur le même ton.

— Voyons, princesse, vous savez bien que je n'ai pas de tatouages puisque vous m'avez vu pratiquement nu dans la cuisine.

A la grande satisfaction de Nick, Alessia s'empourpra.

— Ce n'est pas vrai !

Il réprima un sourire. Quand elle était déstabilisée, elle avait un charme fou…

Se penchant vers elle, il posa sa bouche sur la sienne. Ses lèvres étaient douces et chaudes… Prenant son visage à deux mains, il approfondit son baiser.

L'espace d'un instant, elle se laissa entraîner ; puis elle s'arracha à lui. Il vit alors une foule d'interrogations dans les profondeurs de ses yeux pervenche. Sans doute les mêmes que celles qui le taraudaient. Il fut tenté d'y répondre en l'embrassant de nouveau mais se ravisa.

— Alessia, murmura-t-il d'une voix rauque.

— Nicolo…, soupira-t-elle.

C'était la seconde fois qu'elle l'appelait par son prénom. Pourquoi en était-il conscient ? Et pourquoi avait-il l'impression que, dans sa bouche, ce prénom sonnait différemment, porteur d'une virulente charge érotique ?…

Nick s'écarta d'elle tant qu'il pouvait encore se contrôler. Elle vacilla. Il la retint par le coude. Prenant une profonde inspiration, elle se mordit la lèvre inférieure.

— Il faut… que ça cesse, déclara-t-elle d'une voix à peine audible. Ce… cette chose entre nous…

L'écho de ses paroles flotta dans le silence.

Dans la même situation, n'importe quelle autre femme aurait rejeté toute la responsabilité sur lui. Rien que pour ça, Nick mourait d'envie de succomber à la tentation. Mais pas question.

Bon sang non, pas question !

Il ne la toucherait plus jamais. Et, dès demain, *arrivederci*…

— Vous avez raison, acquiesça-t-il d'un ton brusque. Il faut que ça cesse. D'ailleurs, ça vient de cesser. Allons à la réunion que vous avez organisée. Je visiterai les installations dans la foulée, afin de pouvoir repartir dès demain matin.

— Demain ? Mais vous avez dit…

— J'ai changé d'avis. Je vais téléphoner pour demander qu'on m'envoie le jet des Orsini. Ce sera plus pratique.

— Le jet des Orsini…

— Oui, nous possédons notre propre…

— Bien sûr, coupa-t-elle, le regard glacial. J'ai failli oublier qui vous étiez, *signore*. *Molte grazie* de me l'avoir rappelé.

Une gifle aurait été moins violente, moins humiliante que ce ton cinglant. Le moment était venu de mettre les choses au point ; de préciser qu'il n'avait rien de commun avec son père, à part quelques gènes…

Nick secoua lentement la tête : à quoi bon ? Pourquoi éprouverait-il le besoin de se justifier devant Alessia Antoninni, ou qui que ce soit d'autre ?

— Je comprends, *principessa,* répliqua-t-il sur le même ton qu'elle. Il arrive que le désir fasse perdre la mémoire.

Les joues en feu, Alessia l'injuria en italien. Il faillit lui rendre la politesse mais se contint : pas question de se comporter comme l'homme pour qui elle le prenait !

— Après vous, princesse, laissa-t-il tomber avec un sourire narquois.

Raide comme un piquet, elle pivota et se dirigea vers la porte. Sans lui laisser le temps de jouer les gentlemen, elle l'ouvrit elle-même d'un geste sec et descendit l'escalier de marbre, au pied duquel attendait une Bentley. Un chauffeur en livrée bondit de son siège, ouvrit la portière et s'inclina devant elle. Alessia prit place sur la banquette arrière.

— Epargnez-moi les courbettes ! gronda Nick à l'adresse du chauffeur avant de monter à son tour.

6.

Alessia avait organisé la réunion dans les bureaux de son père, situés dans un ancien palais florentin datant de la Renaissance, époque où les Médicis régnaient sur Florence et sur toute la Toscane.

L'arbre généalogique des Antoninni remontait jusqu'à Cosme l'Ancien, fondateur de la branche aînée des Médicis ; plus exactement jusqu'à un fils illégitime de Cosme. Sa maîtresse le menaçant de provoquer un scandale en rendant publique leur liaison, Cosme lui aurait offert le vaste terrain vallonné, dont le sol fertile produisait déjà un excellent vin. Lorsque le fils était mort prématurément — sort fréquent des Médicis, légitimes ou non —, la propriété était revenue à sa sœur, qui avait épousé un prince Antoninni. Le vignoble avait alors pris ce nom.

Un doute planait sur l'authenticité du lien entre les deux familles, mais aucun Antoninni n'avait jamais cherché à le lever. Génération après génération, les membres de la maison princière avaient préféré rester dans l'incertitude, craignant la vérité historique.

Pour sa part, Alessia trouvait cette histoire ridicule et se moquait de pouvoir compter ou non un Médicis parmi ses ancêtres. Si elle avait choisi ce bâtiment imposant pour cadre de la réunion, c'était uniquement pour rappeler à Nicolo Orsini qu'il n'était pas à sa place dans cette ville raffinée.

C'était mesquin de sa part, certes, mais elle avait envie de le mettre mal à l'aise.

Elle lui jeta un coup d'œil furtif alors que la Bentley s'arrêtait devant le *palazzo*. Il avait peut-être de la prestance ,mais ce n'était pas un gentleman.

Ce n'était même pas un homme d'affaires. Seulement un mafioso doublé d'un goujat. Un macho imbu de lui-même qui avait osé l'embrasser.

A son grand dam, elle sentit ses joues s'enflammer. Comment avait-elle pu se laisser faire ? Comment avait-elle pu passer une partie de la nuit à imaginer sa bouche courant sur tout son corps ?…

— *Principessa ?*

Elle tiqua. Le chauffeur avait ouvert la portière de la Bentley et attendait qu'elle descende.

— Oh… *Grazie,* Guillermo.

Le chauffeur s'inclina. Elle détestait ces courbettes, mais ce n'était pas le moment de le lui rappeler. D'autant plus que Nicolo s'était rapproché d'elle sur la banquette et qu'elle sentait la chaleur de sa cuisse contre la sienne… Elle s'empressa de descendre.

— Nous rentrerons à la villa dans environ deux heures, déclara-t-elle au chauffeur.

A son grand dam, il s'inclina de nouveau.

— Je vous ai déjà dit que les saluts étaient inutiles, Guillermo.

Un rire sarcastique la fit se tourner vers Orsini.

— Quelque chose vous amuse ?

— M'étonne, plutôt. Pourquoi reprochez-vous à cet homme de vous témoigner la déférence que vous exigez de lui ?

— Je ne lui ai jamais demandé de s'incliner devant moi ! s'exclama Alessia, exaspérée

— Vous n'avez pas besoin de le demander. A la façon même dont vous respirez, il est évident pour tout le monde que vous êtes une aristocrate, et fière de l'être.

— Comment osez-vous me juger alors que vous ne savez rien de moi, *signore ?*

Nicolo grimaça.

obtienne l'argent de Nicolo Orsini. Mais accepterait-il de lui abandonner le contrôle de la société ? Certainement pas.

Prenant une profonde inspiration, Alessia déclara :

— Pourquoi tenez-vous tant à détenir la majorité des parts ? Devenir propriétaire du vignoble ne présente pas un grand intérêt. Après tout, vous n'êtes pas toscan…

Orsini la saisit par les épaules avec rudesse.

— Non, je ne suis pas toscan. Je suis américain. D'origine sicilienne. La pire des tares de votre point de vue, n'est-ce pas ?

— Pas du tout ! J'essaie simplement de vous expliquer que mon père ne renoncera pas au contrôle de son entreprise. Et s'il n'obtient pas cet argent…

Alessia s'interrompit brusquement.

Son interlocuteur plongea son regard dans le sien.

— Pour quelle raison est-ce si important pour vous ?

Sa bouche s'assécha. Nicolo Orsini appartenait à un monde qui lui faisait horreur, mais c'était de lui que dépendait l'avenir de sa mère. Et si elle lui expliquait le problème ? La situation de sa mère, le chantage odieux de son père.

— Dites-moi la vérité, Alessia. Je sais que la situation est plus compliquée qu'il n'y paraît.

La voix d'Orsini était devenue plus douce. Ses doigts ne s'enfonçaient plus dans ses épaules et son regard était plein de compassion. Elle pourrait lui dire la vérité…

A quoi bon ? C'était un mafioso. Son physique séduisant et sa capacité à faire la distinction entre Donatello et Donald Duck n'y changeaient rien : il était impossible de se fier à un homme de son espèce.

— Vous vous trompez, *signore,* déclara-t-elle d'une voix qu'elle espérait assurée. La situation est très simple. Je suis juste attachée au vignoble de mes ancêtres et déterminée à le sauvegarder.

Avec une moue dédaigneuse, il la lâcha. Elle le suivit dans la salle de réunion.

— Messieurs, je vous écoute, déclara-t-il en s'asseyant.

L'administrateur exposa les mesures à prendre pour équilibrer le budget. Le chef de chai décrivit avec enthousiasme les solutions qu'il envisageait pour améliorer la qualité du vin, si on lui en donnait le temps et les moyens. Le commercial énuméra les nouveaux débouchés possibles pour les Vins Antoninni.

— Tout cela est très intéressant, commenta Nicolo.

Il se leva, aussitôt imité par les trois hommes et Alessia.

— Et si je conclus cette affaire, *signori,* sachez que je serais ravi de pouvoir compter sur des collaborateurs aussi précieux que vous.

Sourires éclatants. Poignées de main. Les trois hommes quittèrent la pièce d'un pas guilleret.

Lorsque la porte se fut refermée derrière eux, Nick appuya les fesses contre le bord de la table et croisa les bras.

— A présent, je veux le reste de l'histoire.

— Le reste ? Mais… la présentation est terminée, répliqua Alessia, interloquée.

— Vous n'avez pas d'arguments personnels à développer pour me convaincre d'investir dans la société Antoninni ?

Le doute s'était immiscé dans son esprit quelques minutes plus tôt. Et Nick voulait en avoir le cœur net…

— Ne serait-ce pas *vous*, le meilleur argument de votre père ?

— Je ne comprends pas…

Bien sûr que si, elle comprenait. Il le lisait dans ses yeux.

— Ces baisers, que vous m'avez donnés…

— Comment osez-vous ? s'exclama Alessia d'un air outré.

— Vous ne pouvez pas nier qu'il y a eu des baisers, princesse.

— C'est vous qui me les avez imposés !

— Vous y avez répondu, il me semble.

Elle devint écarlate.

— Uniquement parce que… j'étais déstabilisée !

Nicolo arqua un sourcil narquois. Du moins ne niait-elle pas. Mais était-elle sincère ou bien avait-elle répondu délibérément à ses baisers pour lui faire perdre la tête, dans l'espoir qu'il investirait dans la société sans trop se poser de questions sur sa rentabilité ?

Pour en avoir le cœur net, il suffirait peut-être de l'embrasser de nouveau…

Non, très mauvaise idée.

Il s'écarta d'elle.

— Admettons. Mais, que vous le vouliez ou non, la présentation n'est pas tout à fait terminée. Vous avez grandi dans les vignes, n'est-ce pas ?

— Eh bien… oui, mais…

— C'est vous qui allez me servir de guide pour le tour du vignoble, princesse.

— Je vous ai déjà dit cent fois de ne pas m'appeler ainsi !

Devant sa mine furieuse, Nick éclata de rire. Puis il fit exactement ce qu'il s'était juré de ne pas faire : il la prit dans ses bras et l'embrassa. Laissant échapper un gémissement, elle s'abandonna sans la moindre résistance.

Avec un grognement étouffé, Nick retroussa sa jupe. Nouant les bras autour de son cou, Alessia s'agrippa à ses épaules musclées, tandis qu'il glissait les mains sous sa culotte et les refermait sur ses fesses pour la plaquer contre lui. Au contact de sa virilité pleinement éveillée, elle gémit de nouveau.

Au même instant, on frappa à la porte.

— *Principessa ?*

Le chauffeur…

Alessia tenta de s'arracher aux bras de Nick, mais il resserra son étreinte.

— Renvoyez-le, murmura-t-il à son oreille.

— *Principessa ?* Vous aviez dit deux heures. C'est ce que j'ai expliqué au *carabiniere*, mais il veut absolument m'imposer *uno biglietto.*

— Mettre une contravention à une princesse ? Quelle audace ! chuchota Nicolo d'un ton malicieux.

Alessia pouffa et il fut envahi par une émotion inconnue.

Curieusement, l'avoir fait rire semblait plus décisif que l'avoir fait fondre dans ses bras.

— Nous arrivons, Guillermo, répondit-elle. Attendez-nous en bas, s'il vous plaît.

Nick la lâcha. Les joues en feu, elle baissa sa jupe et la lissa, puis elle se dirigea vers la sortie. Il la suivit.

Tandis qu'ils attendaient l'ascenseur, il l'attira contre lui et captura brièvement sa bouche.

7.

De retour dans sa suite, Nick s'efforça de faire le point.

Pour la première fois de sa vie, il se trouvait dans une situation dont le contrôle lui échappait. Et il était furieux.

Contre le prince Antoninni, qui avait fait appel à Cesare pour renflouer sa société. Contre Cesare, qui l'avait envoyé en Toscane à sa place. Et contre Alessia, qui le rendait d'autant plus fou qu'elle semblait aussi troublée que lui chaque fois qu'il posait ses lèvres sur les siennes.

Mais l'était-elle réellement ?

Peut-être avait-il vu juste. Peut-être était-elle en train de jouer à un jeu aussi vieux que le monde…

Nick enleva son uniforme de financier avec des gestes rageurs.

Qu'ils aillent tous au diable ! Son père, le prince, Alessia !

Il gagna la salle de bains, s'appuya contre le lavabo de marbre et foudroya son reflet du regard.

Pourquoi se mentir ? C'était surtout contre lui-même qu'il était furieux.

Comment avait-il pu se laisser entraîner dans cette histoire ? Dire que son père n'avait pas hésité à faire vibrer la corde sensible pour le convaincre de lui rendre service… Comment avait-il pu croire le mensonge grossier qu'il lui avait servi ? Si sa mère avait réellement eu envie d'un terrain en Toscane, pourquoi Cesare aurait-il attendu toutes ces années pour le lui offrir ?

Depuis le début, il se laissait manipuler comme un idiot.

Par son père, qui avait bâti sa fortune sur les magouilles les plus ignobles ; par un prince qui ne connaissait visiblement pas le sens du mot « honneur » ; et par une femme qui avait réussi à l'ensorceler.

Car il ne pouvait y avoir que deux explications à la conduite de la princesse : ou bien elle était prête à tout pour sauver l'entreprise de son père, ou bien elle avait envie de s'encanailler.

Peu importait. Quelles que soient ses motivations, il en avait par-dessus la tête de son petit jeu. Elle le traitait comme un moins que rien et, cinq minutes plus tard, elle se pâmait dans ses bras !

Si c'était délibéré, il fallait reconnaître qu'elle était particulièrement douée pour allumer les hommes. Il s'était enflammé comme du bois sec ! Oui, il était urgent d'en finir.

Le meilleur moyen d'y parvenir était de soigner le mal par le mal. Plus question de se contenter de baisers : il fallait aller jusqu'au bout. S'inviter dans le lit d'Alessia Antoninni. L'entraîner dans un tourbillon de sensualité qui lui ferait oublier tout ce qu'elle avait pu vivre jusque-là.

Et, quand elle serait rompue de plaisir, il quitterait son lit, se rhabillerait et jetterait un chèque de dix millions d'euros sur la coiffeuse, pour lui montrer qu'il n'était pas dupe de...

— *Merda !* hurla-t-il en donnant un violent coup de poing dans le miroir.

Le verre vola en éclats et sa main se couvrit de sang. Avec un nouveau juron, il ouvrit le robinet d'eau froide et se rinça. Les coupures étaient superficielles. Une bonne douche suffirait à arrêter le sang.

Cet après-midi, la princesse Antoninni apprendrait qu'on ne pouvait pas s'amuser impunément avec Nicolo Orsini. D'ici ce soir, il aurait mis un point final à cette histoire et quitté la villa. Il se dispenserait du dîner mondain, qui avait sans doute pour seul objectif de lui signifier une fois de plus qu'il n'était pas à sa place parmi les aristocrates toscans.

*
* *

En sortant de la douche il mit un jean, un T-shirt noir et des baskets. Puis il enfila un blouson de cuir et quitta sa suite. Alessia l'attendait devant la villa, coiffée d'une queue-de-cheval, comme pour son jogging. Etait-ce aujourd'hui qu'il l'avait rencontrée dans la cuisine au petit matin ? Il avait l'impression d'être dans cette villa depuis toujours.

En descendant les marches de pierre, il ne put s'empêcher de noter une nouvelle fois combien elle était splendide. Son visage n'avait pas seulement des traits délicats, il respirait l'intelligence. Et puis il y avait tout le reste. Ces immenses yeux pervenche dans lesquels il était si facile de se noyer, ce corps sensuel qu'il n'avait exploré que beaucoup trop brièvement…

Stop !

Il regarda le 4x4 garé au pied de l'escalier et tendit la main.

— Les clés.

— *Scusi ?*

— Vos clés de voiture, s'il vous plaît.

Elle rougit.

— Oh ! Cet après-midi nous prenons le Land Rover, pas la Mercedes. Je vous assure que je n'aurai aucun problème de conduite sur les chemins privés de la…

— Les clés.

Après une brève hésitation, Alessia laissa tomber le trousseau dans la main tendue de Nicolo. Il se dirigea vers le véhicule, ouvrit la portière passager et lui fit signe de monter.

Lorsque Nicolo démarra, Alessia lui indiqua le chemin, puis elle se lança dans de grandes explications sur la culture de la vigne. Avec une nervosité manifeste. Comme si elle se doutait de quelque chose… Intarissable, elle lui donna une foule d'informations sur les pampres, les sarments, les arçons, les crossettes.

En d'autres circonstances, il aurait sans doute trouvé cet exposé passionnant. Il appréciait le vin mais, n'étant pas un connaisseur, tous ces détails piquaient sa curiosité. Pas assez cependant pour lui faire oublier ce qu'il avait en tête…

Alessia finit par se taire.

Il lui jeta un coup d'œil. Le regard fixé devant elle et les mains croisées sur les genoux, elle se tenait très raide sur son siège. Pas de doute, elle était mal à l'aise.

— Vous êtes à court d'informations ? demanda-t-il d'une voix suave. Ou bien estimez-vous m'avoir donné toutes celles que je suis susceptible de comprendre ?

— Quel est votre problème ? rétorqua-t-elle d'un ton crispé.

Nick s'arrêta sous un arbre et éteignit le moteur.

— Je n'ai aucun problème, *principessa*. Vous êtes un guide passionnant.

Alessia se sentit tout à coup oppressée. Le ton d'Orsini était trop courtois… et très inquiétant. Que mijotait-il ?

Elle saisit la poignée de la portière. La main de son invité se referma sur la sienne.

— Où allez-vous ?

— Je… Je voudrais m'assurer que la vigne a été bien préparée pour supporter les rigueurs de l'hiver.

Il eut un sourire narquois.

— La princesse est également vigneronne. Fascinant…

— Quand j'étais enfant, j'aidais à entretenir la vigne et à faire les vendanges. D'autre part, je croyais que vous souhaitiez voir le vignoble de plus près, et que vous aviez des questions à me poser à ce sujet.

— C'est vraiment ce que vous croyiez, princesse ? Qu'un homme comme moi viendrait ici, seul avec vous, pour parler de viticulture ?

— Oui, pourquoi ?

Nick hésita. Alessia était très pâle et sa voix tremblait. De toute évidence, elle avait peur. N'était-ce pas ce qu'il avait cherché à obtenir ? D'un geste brusque, il lui lâcha la main et ouvrit sa portière.

— Allons-y, déclara-t-il d'un ton rogue en descendant du Land-Rover. Allons voir la vigne de plus près. Et, ne vous inquiétez pas, je vais vous poser tout un tas de questions idiotes.

— Aucune question n'est idiote, objecta-t-elle d'un ton conciliant.

Il grimaça. Impossible de mettre son plan à exécution : il ne pourrait jamais se comporter comme une brute avec une femme, même la plus odieuse du monde. Comment avait-il pu l'envisager ? Décidément, il ne tournait pas rond...

Alessia savait visiblement tout de la vigne et du vin. Elle était aussi experte dans ce domaine que lui dans celui de la finance. Plus elle parlait, plus elle s'animait et plus Nick se passionnait pour ses paroles. Son visage angélique reprenait des couleurs, sa voix se raffermissait, son regard s'éclairait.

Elle n'hésitait pas à s'agenouiller dans la terre pour écarter des feuilles mortes ou s'extasier sur la présence d'un bourgeon, si petit qu'il était obligé de s'agenouiller à son tour pour le voir. Quelle princesse imbue de son titre se moquerait à ce point de se salir ? Quelle princesse parlerait avec une telle fougue des vendanges ou de la plantation de trèfle et de pois en automne, pour réduire l'érosion du sol pendant l'hiver ?

Et même, sans parler de princesses, laquelle de ses maîtresses aurait fait preuve d'une telle spontanéité ?

Aucune.

Nick faillit pouffer. L'été précédent, il avait fini par emmener à Central Park la rousse qu'il fréquentait à l'époque. Elle insistait depuis des semaines pour assister à l'une des parties de foot improvisées auxquelles ses frères et lui s'adonnaient chaque dimanche. Quel après-midi désastreux...

« Aïe ! Nick, il y a des fourmis sous cet arbre ! », « Aïe !

Nick, je viens de me faire piquer ! », « Aïe ! Nick, il y a une énorme bête avec des grandes pattes, juste là ! »

Le vendredi soir suivant, lorsque ses frères et lui s'étaient retrouvés pour boire des bières et manger des hamburgers au Bar, Dante avait échangé des regards complices avec Rafe et Falco avant de lui demander d'un air innocent :

— Comment va Aïe-Nick ?

— C'est de l'histoire ancienne, avait-il répliqué en levant les yeux au ciel.

Ils avaient éclaté de rire tous les quatre en chœur.

Mais aucun de ses frères n'aurait eu l'idée de rire en regardant Alessia fouiller la terre… Alors qu'elle lui expliquait qu'au printemps, les cultures dérobées seraient mélangées à la terre au moment du labourage et contribueraient à la fertiliser, Nicolo n'y tint plus. Il se pencha vers elle et posa la bouche sur la sienne. Sans la moindre hésitation, elle entrouvrit les lèvres…

Elles avaient le goût du raisin mûri au soleil, et son baiser était un mélange détonant d'innocence et de passion.

— Nicolo…

Tout ce qu'une femme pouvait demander à un homme était contenu dans son prénom, murmuré d'une voix hachée. Submergé par une vague de désir irrépressible, il la fit rouler par terre et parsema son cou de baisers, savourant la douceur de sa peau chauffée par le soleil et les battements effrénés de son pouls.

Il ouvrit fébrilement son blouson et remonta son T-shirt. Elle ne portait pas de soutien-gorge et ses seins ronds semblaient frémir d'impatience dans l'attente de ses baisers. Il lécha un téton durci du bout de la langue, puis l'aspira goulûment. Un cri rauque s'échappa de la gorge d'Alessia et elle renversa la tête en arrière, parcourue d'ondes de volupté.

— Nicolo…

Elle referma la main sur sa virilité, qui tendait à lui faire mal le tissu de son jean. Il dut faire appel à toute sa volonté pour s'écarter d'elle et emprisonner ses deux mains dans les siennes.

— Nicolo ! protesta-t-elle d'une voix rauque. Viens ! *Per favore ! Io voglio…*

Il serra les dents. Non. Il fallait résister à la tentation. Bien sûr, il mourait d'envie d'exaucer ses prières. Il ne pensait même qu'à ça… Mais pas ici.

Il voulait prendre son temps. La déshabiller avec lenteur. L'allonger sur un lit moelleux. Voir ses boucles blondes se répandre sur l'oreiller. La contempler longuement avant de la rejoindre.

Il voulait la couvrir de caresses. Explorer chaque parcelle de son corps avec ses doigts, ses lèvres, sa langue…

Lorsqu'il le lui expliqua, ses yeux pervenche se voilèrent de désir.

— Oui… mais pas à la villa, murmura-t-elle.

Il l'embrassa de nouveau, avec toute la douceur dont il était capable.

— D'accord, pas à la villa, princesse. Je vais trouver un endroit rien que pour nous.

Il se leva et la hissa sur ses pieds.

— Viens, allons à Florence !

— Maintenant ? Impossible !

— Pourquoi ?

— Le dîner.

— Au diable le dîner !

Devant l'air navré d'Alessia, Nicolo se reprit :

— Il n'y a pas moyen d'y échapper, c'est ça ?

— C'est moi qui l'ai organisé. Je suis obligée d'y assister.

Il porta ses mains à ses lèvres.

— Alors moi aussi.

8.

En tant que spécialiste des relations publiques, Alessia avait l'habitude d'organiser des dîners mondains, auxquels elle participait la plupart du temps. Certains étaient mortellement ennuyeux, d'autres se révélaient très enrichissants, mais, en toutes circonstances, elle maîtrisait l'art d'arborer un masque courtois et d'animer la conversation, quels que soient les sujets abordés. Toujours souriante et parfaitement à l'aise.

Or, ce soir, elle avait les nerfs à fleur de peau.

Habillée et prête avec une heure d'avance, elle fixait l'horloge de sa chambre, suivant stupidement la progression de la grande aiguille. Ce n'était pas le meilleur moyen de se calmer… Elle descendit au rez-de-chaussée. Avec un peu de chance, elle trouverait à s'occuper dans le salon ou la salle à manger.

Mais son assistant avait supervisé les préparatifs et, sous son autorité, les domestiques de son père s'étaient montrés encore plus efficaces qu'à l'habitude. Il n'y avait absolument rien qu'elle puisse faire pour tuer le temps…

Une douzaine de candélabres en argent baignaient le salon d'une lumière douce. Sur le buffet en chêne, des flûtes à champagne et des verres à vin en cristal — dans la famille depuis plus de deux siècles —, attendaient les invités à côté d'un choix de bouteilles allant du meilleur champagne au Brunello di Montalcino millésimé, le vin rouge emblématique de la région.

La table de la salle à manger, dressée pour douze, était une véritable œuvre d'art, avec arrangements floraux, service de porcelaine et couverts en argent massif datant du XVIIIe siècle.

Alessia rectifia la position d'une assiette, déplaça légèrement une fourchette. Non, il n'y avait vraiment rien à faire… A part cesser de se raconter des histoires et reconnaître enfin que sa nervosité n'avait rien à voir avec ce dîner.

Nicolo en était la seule cause.

Elle ne l'avait pas vu depuis des heures. Ils avaient regagné la villa en silence et, pendant tout le trajet, elle avait vainement tenté de comprendre ce qui lui arrivait. Au milieu des vignes, dans les bras de Nicolo Orsini, elle était devenue quelqu'un d'autre. Avait-elle vraiment accepté de coucher avec lui ? Pire, le lui avait-elle vraiment demandé ? Ces questions avaient tourbillonné inlassablement dans son esprit et elle ne savait plus si elle était frustrée ou soulagée qu'il ait refréné son ardeur.

A leur arrivée à la villa, il s'était conduit en parfait gentleman. Après l'avoir aidée à descendre du Land Rover, il s'était contenté de porter sa main à ses lèvres pour y déposer un baiser furtif.

Ils avaient ensuite gagné leurs suites respectives et elle ne l'avait pas revu depuis. Certes, ils s'étaient mis d'accord pour ne pas faire l'amour à la villa, mais elle s'était attendue à ce qu'il tente malgré tout de l'entraîner dans sa chambre, ou de s'imposer dans la sienne.

En fait, pendant les heures qui avaient suivi leur retour, au moindre bruit de pas dans le couloir, son cœur s'était affolé à l'idée que c'était peut-être lui qui venait la rejoindre. Chaque fois, cette pensée avait suffi à la faire vibrer tout entière. Comme en ce moment même…

Alessia se dirigea vers le bar en acajou du salon et se servit un verre de vin. L'horloge posée sur la cheminée égrenait les minutes. Pourvu que Nicolo arrive avant les autres invités ! Elle en profiterait pour lui dire que ce qui s'était passé entre eux dans l'après-midi était une erreur et qu'il valait mieux en rester là.

Elle constata avec dépit que sa main tremblait. Elle posa son verre sur un guéridon. Impossible pour la princesse Antoninni d'accueillir ses invités avec une robe tachée de vin !

Sa robe : une autre erreur ! C'était Gina qui avait insisté pour qu'elle la mette. Pourquoi s'était-elle laissé convaincre ? Oui, cette robe était splendide. C'était même sans doute le modèle le plus extraordinaire créé par son amie, jeune styliste pleine d'avenir. Mais elle ne convenait pas du tout à l'occasion.

La semaine précédente, lors d'un déjeuner improvisé dans l'atelier romain de Gina, Alessia avait parlé du dîner qu'elle devait organiser en l'honneur d'un investisseur américain.

— Jeune et séduisant ? avait demandé Gina.

— Plutôt vieux et moche, avait-elle répliqué avec une grimace.

— Mais horriblement riche, je parie ?

— Sans doute, oui.

Gina s'était précipitée vers un portant chargé de vêtements et en avait décroché une robe.

— Regarde ça : c'est la tenue idéale pour toi !

« Ça », c'était un somptueux fourreau de soie or, incrusté de minuscules paillettes de cristal.

— C'est beaucoup trop sexy pour un dîner de ce genre, avait objecté Alessia.

Mais Gina avait insisté pour qu'elle essaie la robe et s'était extasiée devant le résultat.

— Je te l'avais dit ! Elle te va comme un gant. Tu es sublime !

Sublime et provocante, avait-elle pensé en se regardant dans le miroir. La coupe de la robe était d'une sobriété trompeuse. Dos nu, elle était dotée d'un décolleté qui plongeait jusqu'au creux de ses reins, tandis qu'à chaque pas une fente latérale dévoilait une jambe de la cheville jusqu'à mi-cuisse.

Elle avait secoué la tête.

— Non, Gina. Cette robe est fantastique, et c'est justement la raison pour laquelle elle ne conviendra pas. C'est un dîner d'affaires, pas une entreprise de séduction !

— Il n'y a pas de mal à lui en mettre plein la vue, à ton Américain ! Surtout si c'est un investisseur ! Plus il sera impressionné, plus il aura envie de lâcher ses dollars.

Devant l'insistance de Gina, elle avait fini par capituler. Elle était repartie avec la robe et les sandales dorées à talons aiguilles qui allaient avec.

A présent, elle était à deux doigts de remonter dans sa chambre en courant pour se changer…

Elle reprit son verre.

— Bonsoir, princesse.

Au son de la voix profonde, elle fut parcourue d'un long frisson. Le cœur battant à tout rompre, elle leva les yeux.

Nicolo, superbe en smoking et nœud papillon, s'était immobilisé sur le seuil de la pièce et la couvait d'un regard admiratif.

Une vive chaleur l'envahit. Pourquoi se mentir plus longtemps ? Non, elle n'avait pas commis d'erreur cet après-midi. Elle brûlait de désir pour Nicolo Orsini et elle se moquait éperdument de tout le reste. Elle avait envie de lui depuis qu'il l'avait prise dans ses bras le premier jour, quand elle s'était mise à pleurer comme une idiote au bord de la route. Rien d'autre n'avait d'importance. Il était l'homme dont elle avait rêvé au plus profond de ses nuits avant même de le connaître, et il n'était pas question de laisser passer une chance qui ne se représenterait sans doute plus jamais.

— Vous êtes magnifique, murmura-t-il d'une voix vibrante.

— C'est la robe.

Alessia pivota sur elle-même avec une lenteur délibérée.

Lorsqu'il s'avança vers elle, le regard étincelant, elle dut faire appel à toute sa volonté pour ne pas courir se jeter dans ses bras. « Embrasse-moi ! cria-t-elle silencieusement. Je t'en prie, embrasse-moi ! »

Il ne l'embrassa pas, mais lui chuchota des paroles aussi troublantes qu'un baiser.

— Tu me rends fou…

Alessia fut parcourue d'une décharge électrique.

— C'est vrai ?

— Tu en doutes ?

Il effleura ses lèvres du bout des doigts.

— Comment vais-je empêcher mes mains de se poser sur toi, ce soir ?

— Pourquoi les en empêcher ? demanda-t-elle, surprise par sa propre audace.

Au même instant, Joseph apparut sur le seuil pour annoncer l'arrivée du premier invité.

Alessia s'empêcha pour la millième fois de soupirer. Cette soirée ne se terminerait-elle jamais ?

Les invités de son père étaient des gens brillants et raffinés. Il les avait choisis dans le but d'impressionner son investisseur potentiel ; quand il lui avait montré la liste, elle n'avait pas douté qu'il réussirait.

Quelle ironie…

Jamais rien ni personne ne pourrait impressionner Nicolo Orsini. Il était aussi à l'aise à ce dîner que pendant la réunion de la matinée. Que la conversation porte sur l'art, les voyages ou la politique, il faisait preuve d'une finesse et d'une culture remarquables. Avant même que le deuxième plat soit servi, tous les convives étaient suspendus aux lèvres de cet invité d'honneur aussi brillant que séduisant.

Etant donné qu'elle avait pratiquement perdu l'usage de la parole, ce n'était pas elle qui pourrait s'en plaindre ! Car, en même temps qu'il participait à la conversation et faisait honneur au dîner, Nicolo ne cessait pas de la toucher en cachette. Or, comment bavarder pendant l'expérience la plus excitante qu'elle avait jamais vécue ?

Il avait commencé dans le salon, pendant l'apéritif. Son épaule contre la sienne. Ses doigts effleurant son bras nu. Au moment où le dîner avait été annoncé, il avait posé la main au creux de ses reins. Une main chaude et douce sur sa peau nue. Un geste banal, que faisaient la plupart des hommes accompagnant une femme à table, mais, quand elle avait levé les yeux vers lui, elle avait vu des étincelles dans ses yeux noirs.

Dans la salle à manger, la main toujours au creux de ses reins, il lui avait avancé sa chaise. Au moment où elle s'était assise, il avait plongé les doigts sous la soie dorée dans une caresse aussi furtive que brûlante.

— Merci, avait-elle répondu d'une voix étranglée.

— Tout le plaisir est pour moi, *principessa*…

Elle avait su alors avec certitude que, s'il avait choisi ce moment pour la soulever de son siège et l'emmener ailleurs, elle n'aurait pas protesté.

Depuis, il n'avait pas cessé ce petit jeu diabolique. Son bras effleurait le sien lorsqu'il se tournait vers un autre invité. Ses doigts glissaient sur les siens lorsqu'il lui passait la salière. Tous ces petits gestes en apparence anodins étaient d'un érotisme torride…

Alors qu'on servait le troisième plat, Alessia sentit la main de Nicolo se poser sur sa cuisse.

Elle retint de justesse un gémissement et s'efforça de sourire au maire, assis à l'autre bout de la table, puis de prononcer une phrase cohérente. Mais comment y parvenir alors qu'elle était incapable de penser à autre chose qu'à la main de Nicolo, qui remontait imperceptiblement le long de sa cuisse ?

Il la rendait folle !

Et elle adorait ça.

Dio, que lui arrivait-il ? Elle qui était la bienséance personnifiée…

Elle posa sa main sur celle de Nicolo. Pour l'arrêter. Mais il caressa le creux de sa paume du bout du pouce et ses bonnes résolutions s'évanouirent. Puis il noua ses doigts aux siens et fit glisser lentement leurs deux mains enlacées sur sa cuisse…

— N'est-ce pas, ma chère Alessia ? dit un homme assis à quelques sièges d'elle en lui souriant.

Elle lui rendit son sourire. Impossible de mettre un nom sur son visage. Pourtant, elle le connaissait… Oui, c'était un marchand d'art ! Elle l'avait rencontré des dizaines de fois. Malheureusement, son nom continuait de lui échapper. Quant à lui répondre… Comment le pourrait-elle puisqu'elle n'avait pas la moindre idée de ce dont il parlait ?

A la pensée, qu'elle avait de la bouillie à la place du cerveau, elle laissa échapper un petit rire. Apparemment, c'était ce qu'on attendait d'elle car toute la table riait également.

— Ainsi c'est vrai, Alessia ? intervint Nicolo. A sept ans, vous avez porté une enchère sur un Renoir lors d'une vente à la galerie de *signore* Russo ?

Elle lui lança un regard reconnaissant.

— Oui. C'était un accident, bien sûr. J'étais avec mon professeur d'art et j'ai levé la main pour me gratter le nez.

Pendant que de nouveaux rires fusaient, Nicolo se pencha vers elle en murmurant :

— *Brava cara.*

Elle faillit l'embrasser.

Le dessert arriva enfin ! Petits-fours aux marrons. *Strega* et *frangelico* servis dans des verres à liqueur anciens à bord doré. *Espresso*, dans un service de porcelaine datant de la même époque que la villa. Bavardages. Rires. Et, Dieu merci, Nicolo avait eu pitié d'elle ! En effet, s'il avait presque en permanence sa main sur sa cuisse, il ne la bougeait plus.

Alessia pouvait de nouveau penser.

Penser à lui.

Dire qu'au début elle le méprisait ! Dire qu'elle le croyait vulgaire et inculte ! Il était tout le contraire. Tous les invités étaient subjugués. Les hommes buvaient ses paroles… et les femmes le dévoraient des yeux.

Vivement que tous ces gens s'en aillent ! Vivement qu'elle soit enfin seule avec lui !

Les mains tremblantes, elle posa avec précaution sa tasse de café sur la table. Toute la soirée, ses caresses furtives l'avaient enflammée. Alors quand plus rien ne l'empêcherait de la caresser plus intimement… Quand elle pourrait enfin s'offrir à lui tout entière, lui ouvrir le chemin de sa féminité…

Le désir enflamma toutes ses terminaisons nerveuses. *Dio !* Pourquoi attendre ? Elle avait trop envie de lui ouvrir ce chemin dès maintenant. Il suffisait de poser sa main sur la sienne sous la nappe, de guider ses doigts par la fente latérale de sa robe, d'écarter légèrement les cuisses…

Un petit gémissement lui échappa. Aussitôt, les conversations s'interrompirent et tous les regards se braquèrent sur elle.

Il fallait absolument qu'elle dise quelque chose, n'importe quoi. Pourquoi son esprit restait-il désespérément vide ? Elle jeta un coup d'œil à Nicolo. Des étincelles de triomphe brillaient dans ses yeux noirs. A coup sûr, il savait ce qui lui arrivait.

Il retira la main de sa cuisse et la porta à sa bouche, étouffant un bâillement poli mais nettement audible.

— Excusez-moi, dit-il avec un sourire charmeur. *Mi dispiace.* Je ne m'ennuie pas, bien au contraire. Malheureusement, je ressens encore les effets du décalage horaire.

Un murmure compréhensif parcourut l'assemblée. Les convives posèrent leur serviette sur la table et se levèrent. Nicolo aida Alessia à en faire de même, puis la prit par le coude pour raccompagner les invités à la porte. Des *buona notte* et *arrivederci* furent échangés, et tous les invités déclarèrent qu'ils avaient passé une excellente soirée.

Les portières claquèrent. Les phares s'allumèrent. Un cortège de luxueux véhicules s'ébranla dans l'allée.

Sur le perron, Nicolo à côté d'elle, Alessia adressa les derniers signes d'adieu à ses invités en s'efforçant de dissimuler son trac.

Le moment tant attendu était arrivé. Et elle était tétanisée.

Ce n'était pas de Nicolo dont elle avait peur, mais bien d'elle-même. S'il n'était pas l'homme qu'elle croyait, elle n'était certainement pas non plus la femme qu'il s'imaginait. Vu la façon dont elle s'était comportée dans le vignoble puis à table, il devait la prendre pour une libertine, habituée à donner du plaisir aux hommes et à en recevoir.

Or rien n'était plus éloigné de la vérité.

Tout cela était nouveau pour elle. Jamais elle ne s'était conduite ainsi. Si elle n'était pas complètement novice, son expérience était pour le moins limitée.

Elle avait couché pour la première fois avec un garçon quand elle était à l'université. Ils étaient aussi maladroits l'un que l'autre et, au bout de quelques semaine, leur relation était redevenue amicale. Plusieurs années plus tard, elle avait eu une brève liaison avec un graphiste beaucoup plus âgé qu'elle. La passion n'ayant jamais fleuri entre eux, ils s'étaient séparés au bout de trois mois.

C'était un C.V. bien mince pour une femme qui s'apprêtait à passer la nuit avec un homme comme Nicolo Orsini ! Nul doute que lui avait eu de nombreuses maîtresses, plus belles et expérimentées les unes que les autres.

Il allait être très déçu…

Alors que les feux arrière de la dernière voiture disparaissaient dans la nuit, il la prit par la taille.

— Que passe-t-il dans cette adorable tête, princesse ?

Un long frisson la parcourut. Elle avait envie de se laisser aller contre lui en lui offrant sa bouche… et de s'enfuir à toutes jambes avant qu'il ne découvre l'imposture !

— Rien, répliqua-t-elle d'un ton qu'elle espérait désinvolte. C'est juste que… la journée a été longue et…

— Alessia, coupa-t-il en la prenant par les épaules. Je vois bien que quelque chose te préoccupe. Qu'y a-t-il ?

Elle baissa la tête.

— Je crois… que nous devrions parler.

Il lui prit le menton Et plongea son regard dans le sien.

— Et moi je crois que nous avons déjà trop parlé.

Il l'embrassa avec une douceur infinie. Son baiser avait un goût de vin et de café, mais aussi celui de tous les rêves qu'elle avait faits, et de tous ceux qu'elle n'avait jamais osé faire… Elle y répondit avec force.

Quand il finit par s'arracher à ses lèvres, elle murmura :

— Nicolo, il faut que tu saches…

Elle s'humecta les lèvres.

— … ce qui s'est passé aujourd'hui…

Dio, comme elle se sentait ridicule !

— … c'est… c'est nouveau pour moi. Je suppose que tu attends de moi des choses que…

Elle ne put poursuivre ; les mots ne lui obéissaient plus, son corps non plus maintenant que Nicolo avait défait son chignon et se penchait vers elle. Il l'embrassa de nouveau avant de déclarer :

— La seule chose que j'attends de toi, c'est que tu restes toi-même et que tu me laisses te prouver la passion que tu m'inspires.

— Mais je… j'ai peur de te décevoir.

Nick plissa le front. Le décevoir ? Après tout ce qui s'était passé entre eux ce soir ? L'invitation qu'elle lui avait murmurée juste avant l'arrivée des invités ? Ses réactions pendant tout le dîner ? Il venait de vivre avec elle l'expérience la plus excitante de sa vie et elle craignait de le décevoir ?

— Je t'assure, Nicolo… Je n'ai pas l'habitude…

— Ne t'inquiète pas. Viens.

Et il l'entraîna vers la Ferrari rouge qui attendait au pied des marches, dont il ouvrit la portière passager.

— Elle est à moi, répondit-il à la question qu'il lisait sur le visage d'Alessia. On me l'a livrée il y a une heure.

— Où allons-nous ? demanda-t-elle lorsqu'il mit le contact.

— Dans un endroit où nous serons enfin seuls.

9.

Nick roulait vite, savourant le plaisir de conduire son nouveau bolide. Ils n'allaient pas très loin : un quart d'heure de route, avait dit l'agent immobilier, vingt minutes tout au plus.

A flanc de colline, la côte se fit plus raide et il rétrograda. Vingt minutes, c'était la limite de ce qu'il pourrait supporter. Jamais aucune femme ne lui avait inspiré un désir aussi impérieux. Tenir Alessia enfin nue dans ses bras était devenu une obsession.

Il avait passé une grande partie de l'après-midi au téléphone pour organiser la nuit qui les attendait.

Pour commencer, il avait appelé un concessionnaire Ferrari de New York, qui s'était mis en contact avec un collègue de Florence. Puis il avait appelé un banquier londonien de ses amis, qui avait appelé un agent immobilier de Sienne, qui avait lui-même appelé un agent immobilier de Florence…

Toutes ces démarches lui avaient pris du temps, mais il s'était quand même retrouvé avec une heure à tuer avant le dîner. Il avait alors vécu un véritable supplice. Une petite voix intérieure ne cessait de lui répéter : « Qu'est-ce que tu attends ? Va la retrouver. Arrache-lui ses vêtements et prends-la. Elle n'attend sûrement que ça ! »

Que cette idée l'ait effleuré était déjà une aberration ; mais qu'elle l'ait poursuivi pendant une heure… Il avait fini par la noyer sous une énième douche glacée.

Après avoir mis son smoking, il avait contemplé dans

le miroir du dressing l'image d'un homme civilisé, prêt à se comporter en parfait gentleman pendant toute la soirée.

Ses bonnes résolutions s'étaient évanouies dès l'instant où il avait vu Alessia, portant une robe qui était une invitation au péché et des talons aiguilles hypersexy. Elle était plus excitante que jamais.

« Comment vais-je empêcher mes mains de se poser sur toi ? » lui avait-il demandé. La réponse de la belle princesse avait terrassé l'homme civilisé qui survivait en lui. Et le petit jeu auquel ils s'étaient livrés pendant tout le repas avait failli le rendre fou.

Il lui jeta un coup d'œil. Les mains croisées sur les genoux, elle restait silencieuse, le regard fixé droit devant elle. Etait-elle aussi impatiente que lui d'arriver ? Ou bien craignait-elle vraiment de le décevoir ?

Finalement, la pancarte dont lui avait parlé l'agent immobilier apparut dans le faisceau des phares. Un chemin, un grand portail de fer ouvert, une allée de gravier et, au bout, une grande maison de pierre.

Villa Risposante.

Il était temps !

En descendant de voiture, Alessia fut parcourue de frissons. Nicolo enleva sa veste pour la poser sur ses épaules.

— Merci, murmura-t-elle.

A quoi bon lui avouer que ce n'était pas de froid qu'elle tremblait mais de peur ? Il tenterait encore de la rassurer. Or ça ne servirait à rien : elle savait qu'elle allait le décevoir.

Elle ne connaissait pas cette maison, mais une chose était certaine : pour louer une propriété de ce genre en si peu de temps, il fallait avoir de l'argent et des relations…

Nicolo passa un bras autour de ses épaules pour monter l'escalier conduisant à l'entrée. Il prit la clé dissimulée sous une pierre, l'introduisit dans la serrure et ouvrit la lourde porte de bois. L'anxiété d'Alessia redoubla.

— Nicolo…

Devinant ses pensées, il la souleva de terre.

— Ne t'inquiète pas. Tout va bien se passer, assura-t-il en refermant la porte du pied.

Une lumière douce éclairait le hall au plafond décoré d'une fresque. Nicolo monta à l'étage, prit un couloir et pénétra dans une chambre éclairée par des chandeliers d'argent. Un feu brûlait dans la cheminée. Sur chaque meuble était posé un soliflore contenant une orchidée.

Un lit à baldaquin, enveloppé de soie rose pâle, trônait au milieu de la pièce.

Il la posa à terre, puis il lui prit les mains et les porta à ses lèvres. Il y avait une telle tendresse dans ce geste qu'Alessia sentit sa gorge se nouer. Nicolo la lâcha pour fermer la porte puis se retourna vers elle. Le cœur battant, elle attendit un baiser, mais il se contenta de la regarder.

Bien sûr… Il avait fait sa part. La voiture, la villa, le feu dans la cheminée, les fleurs. A présent, c'était à elle de jouer. Elle s'en sentait parfaitement incapable mais, de toute évidence, il avait décidé de ne pas la croire… Prenant une profonde inspiration, elle leva les bras pour dégrafer sa robe.

— Non.

Il s'avança vers elle et lui saisit les poignets.

— Je veux te déshabiller moi-même, en prenant tout mon temps, murmura-t-il d'une voix rauque. Tu es tellement belle… Je ne me lasse pas de te regarder.

Nick la prit dans ses bras et l'embrassa doucement. Il ne fallait surtout pas la brusquer. Mais peut-être se montrait-il encore trop pressé ? Elle était visiblement inquiète et… Se pressant contre lui, elle glissa la langue contre la sienne, l'invitant à approfondir son baiser. Il cessa aussitôt de se poser des questions. Plus rien n'existait que la bouche d'Alessia, ses seins contre son torse, la texture soyeuse de sa peau… Il caressa son dos nu, puis glissa les mains sous sa robe, les referma sur ses fesses et la plaqua contre lui. Elle murmura son nom dans un gémissement.

Il la fit pivoter, puis écarta la masse de boucles blondes de sa nuque et commença à défaire les boutons qui maintenaient sa robe. Seules ces minuscules boules dorées le séparaient de ce corps frémissant…

Bon sang ! Jamais il n'avait été aussi maladroit !

Enfin, le devant de la robe glissa sur la taille d'Alessia. Elle le releva aussitôt pour se couvrir la poitrine. Sans tenter de l'en empêcher, Nick posa les lèvres sur sa nuque. Un baiser léger comme un papillon. Puis un autre. Puis un autre encore avant de la mordiller. Elle poussa un nouveau gémissement.

Il la retourna face à lui et ce qu'il vit dans son regard l'électrisa. Tout ce qu'un homme pouvait fantasmer se reflétait dans ses yeux. Le désir, la passion, mais aussi… quelque chose d'indéfinissable et de très troublant. Il s'empara de sa bouche.

Comme en transe, elle lui rendit son baiser avec ardeur. Sa robe, oubliée, lui tomba sur la taille. Il la fit glisser sur ses hanches. Elle tomba en flaque dorée à ses pieds.

— Alessia, *mia bella* Alessia…

Une vague de désir lui coupa le souffle. La vue de ce minuscule bout de dentelle noire qui disparaissait entre ses cuisses le rendait fou ! S'il ne se retenait pas, il le déchirerait d'un coup sec et…

Inspirant profondément, il l'aida à se dégager de la corolle de sa robe, puis il glissa les doigts sous l'élastique de son string et le fit glisser à terre.

Sa princesse avait la beauté sublime d'un Botticelli. Des petits seins ronds et fermes, couronnés de deux bourgeons d'un rose très pâle. Une taille fine soulignant les courbes sensuelles de ses hanches. Des jambes interminables surmontées d'un triangle couleur miel…

— Comme tu es belle !

Il lui caressa les seins, puis pinça délicatement entre ses doigts leurs pointes tendues, arrachant à Alessia un petit cri étranglé. Se penchant sur elle, Nick lécha délicatement un des deux bourgeons avant de l'aspirer entre ses lèvres.

Un gémissement modulé s'échappa de la gorge d'Alessia, tandis qu'elle vacillait. Il la souleva de terre et l'allongea délicatement sur le lit. Ses boucles soyeuses se répandirent sur l'oreiller, formant une auréole dorée autour de son visage délicat.

Elle tendit les bras. Il la rejoignit, l'embrassa longuement, puis promena ses doigts sur son cou, ses seins, son ventre. Il avait envie de la couvrir de caresses interminables, d'explorer son corps sublime pendant des heures… Mais aussi de se déshabiller frénétiquement et de se perdre en elle sans attendre !

Il serra les dents. Pas question de céder à la tentation. Il fallait prendre son temps. Faire durer ce moment le plus longtemps possible…

Tout à coup, son sang se glaça. Les préservatifs ! Il avait oublié d'acheter des préservatifs ! Quel idiot ! Mais quel idiot ! Comment avait-il pu oublier un détail aussi essentiel ? C'était la première fois de sa vie que cela lui arrivait. Il ne restait plus qu'à espérer…

Il prit le visage d'Alessia entre ses mains.

— *Bella*, je suis désolé de te poser une question aussi triviale, mais… est-ce que tu prends…

— La pilule ? *Sì*, répondit Alessia, les joues en feu. Ne t'inquiète pas. Je…

Elle fut interrompue par un baiser vorace, qu'elle accepta avec une fougue qui faillit faire perdre à Nick le peu de sang-froid qui lui restait. Il finit par quitter sa bouche pour une aréole durcie, qu'il titilla du bout de la langue, mordilla.

Le cri d'Alessia déchira la nuit. Puis elle parla en italien d'une voix rauque et pressante. Ses paroles n'avaient pas besoin de traduction.

Nick se redressa et se déshabilla frénétiquement. Dès

qu'il fut entièrement nu, elle l'attira contre elle et lui dévora la bouche en ondulant des hanches.

Il aurait tellement voulu éviter toute précipitation pour leur première fois… Mais déjà Alessia nouait les jambes autour de sa taille, le privant de ses dernières bribes de volonté. D'un coup de reins puissant il s'enfonça en elle. Alessia se laissa emporter dans un tourbillon de sensualité pure. Bientôt, elle fut submergée par un raz de marée qui lui arracha des cris de volupté.

Cessant alors de lutter contre l'incendie qui le ravageait, Nicolo rejoignit sa princesse dans les étoiles.

La fraîcheur de la nuit le réveilla. Ils s'étaient visiblement endormis enlacés. Il remonta la couette sur eux. Blottie contre lui, Alessia poussa un petit soupir dans son sommeil. Il resserra son bras autour d'elle.

Mais pas question de la réveiller… Juste lui caresser le dos du bout des doigts. Et peut-être aussi l'embrasser. Juste effleurer ses lèvres… Elle poussa un nouveau soupir. Il la fit rouler sur le dos avec précaution.

Non, pas question de la réveiller… Elle devait être épuisée. Il allait juste déposer un baiser sur son front… Sur ses paupières. Le bout de son nez. Ses lèvres.

— Nicolo ?

Elle ouvrit les yeux et mêla sa langue à la sienne. Après un long baiser fervent, la bouche de Nicolo descendit. Cou. Epaule. Poitrine. Il fit une halte, le temps de refermer les lèvres sur chacun des tétons dressés, à tour de rôle.

Sa bouche reprit sa descente. S'attarda sur le ventre plat. Descendit encore.

— Nicolo ? Qu'est-ce que… ? Oh !

Alessia poussa un long gémissement, tandis qu'il honorait de la langue le cœur de sa féminité.

Lorsqu'il entra enfin en elle, ce fut avec une lenteur

et une douceur infinies, comme il se l'était promis la première fois.

Il l'entraîna ensuite dans un tango langoureux qui les conduisit au bord de l'éternité, aux confins de l'espace-temps, là où le néant se confond avec le paradis.

10.

A son réveil, Alessia sentit la caresse du soleil sur son visage et une bonne odeur de café.

Elle ouvrit les yeux et son cœur fit un bond dans sa poitrine : sur le seuil de la salle de bains, Nicolo se séchait les cheveux avec une serviette. Il était entièrement nu.

Une vive chaleur l'envahit. Il lui avait fait l'amour encore et encore pendant cette longue et merveilleuse nuit. Ses caresses, ses baisers, l'union de leurs corps enfiévrés… toutes ces vibrations étaient désormais siennes, gravées à jamais dans son esprit et dans sa chair.

Cependant, elle n'avait pas vraiment eu l'occasion de l'admirer dans toute la splendeur de sa nudité.

A présent, elle pouvait s'en donner à cœur joie. Sans aucune gêne, parce qu'il ne se doutait pas qu'elle était réveillée. Quel corps splendide… Les épaules et les bras musclés. La toison noire qui ombrait le torse puissant, descendait en pointe jusqu'au ventre plat, s'affinait au niveau du nombril, puis redevenait foisonnante au niveau du pubis.

Alessia était une enfant de Florence. Elle avait grandi parmi d'innombrables chefs-d'œuvre, dont le *David* de Michel-Ange. Très tôt, elle avait été saisie par la beauté de cette sculpture et, comme des générations d'adolescentes, fascinée par la représentation de l'intimité masculine.

Aujourd'hui, elle avait devant les yeux un spectacle encore plus fascinant. *David* n'arrivait pas à la cheville de Nicolo… Cette pensée la fit pouffer.

Nicolo cessa de s'essuyer les cheveux et darda son regard sur elle.

— Le rêve de tout homme : que sa femme ne puisse pas s'empêcher de rire en le regardant !

Il avait dit « sa femme » ? Le cœur d'Alessia se gonfla de joie. Elle n'eut cependant pas le temps d'en profiter : Nicolo, serviette autour du cou, s'avançait lentement vers elle.

— Est-ce donc si drôle de me voir nu ?

Elle le considéra avec perplexité. Etait-il sérieux ou plaisantait-il ? L'aurait-elle vexé ? Les hommes étaient parfois tellement susceptibles quant à leur virilité…

— Non, bien sûr que non ! Si je ris c'est parce que… je pensais à une statue.

— Quelle statue ?

— Le *David*. Tu sais, celui de Michel-Ange. J'étais en train de penser que David et toi…

Alessia se mordit la lèvre. Non, elle ne pouvait pas lui expliquer. C'était trop embarrassant… Elle poussa un petit cri quand Nicolo se jeta sur le lit à côté d'elle. Il lui saisit les poignets, lui immobilisa les bras au-dessus de la tête et l'embrassa.

— Alors comme ça, mademoiselle a fait les beaux-arts ?

— Tu te moques de moi !

— Je te promets d'arrêter si tu me dis qui a gagné.

Alessia s'empourpra. Il avait deviné !

— Qui a gagné quoi ? demanda-t-elle en s'efforçant de prendre un air innocent.

— Tu le sais bien. Qui a gagné le concours entre David et moi ? Tu parles à un homme qui a deux sœurs, figure-toi. Anna et Isabella ont passé un été à visiter l'Europe quand elles avaient quatorze ou quinze ans. Pour découvrir l'art des différents pays, soi-disant.

— L'art occupe une place très importante dans l'éducation des jeunes filles.

Le ton sentencieux d'Alessia le fit pouffer.

— A la manière dont elles ont raconté leur voyage, nous

avons tout de suite compris, mes frères et moi, que ce qui les avait le plus marquées à Florence, c'était cette statue.

— Le *David* est un chef-d'œuvre de la sculpture de la Renaissance, fit valoir Alessia, qui avait de plus en plus de mal à garder son sérieux.

— Allez, dis-moi au moins que ce cher Dave et moi nous sommes à égalité. Et n'oublie pas que lui il mesure… combien ? Environ quatre mètres, non ?

Alessia éclata de rire.

— Quatre mètres trente-quatre.

Nick enfouit son visage dans le cou d'Alessia, savourant son odeur. Il avait eu très envie de la réveiller une fois de plus ce matin, mais la nuit avait été si torride qu'il avait éprouvé des remords à l'idée de la priver encore de sommeil. Il lui mordilla l'épaule.

— Alors ?

— Malgré sa taille, David ne t'arrive pas à la cheville, répondit-elle en rougissant.

A ces mots, Nicolo captura sa bouche avec exaltation et ils furent emportés par un nouveau tourbillon de passion.

Le temps était couvert, mais quelle importance ?

En fin de matinée, Alessia et lui coururent ensemble quelques kilomètres, rentrèrent pour prendre une douche et firent de nouveau l'amour. Puis ils dégustèrent le déjeuner préparé et servi par le personnel attaché à la villa, qui apparemment logeait dans une aile éloignée de leur chambre.

Ensuite, ils partirent pour une longue promenade. Nick constata avec satisfaction que l'endroit correspondait exactement à ce qu'il avait demandé : calme et isolé. Une légère brise faisait frémir les oliviers. Ils traversèrent des vignes et s'arrêtèrent à l'écurie, qui accueillait une demi-douzaine de chevaux. Pour l'heure, ils paissaient tranquillement dans leur enclos.

Nick observa leurs réactions tandis qu'Alessia flattait leur encolure. Un grand étalon s'ébroua, rejeta la tête en arrière, puis finit par la frotter contre sa main. « Je sais ce que tu ressens, mon vieux », songea-t-il, attendri. Comme si elle lisait dans ses pensées, sa princesse se retourna et lui sourit.

— Cet endroit te plaît ? demanda-t-il quelques instants plus tard, au sommet d'une colline d'où ils découvrirent une vue splendide.

— Il est merveilleux… Comment l'as-tu trouvé ?

— Pour le savoir, il faut payer le prix.

— Quel est ce prix ?

— Un baiser.

Alessia battit des cils.

— Vous êtes dur en affaires, *signore*.

Se hissant sur la pointe des pieds, elle planta un baiser sur sa joue.

— Tu appelles ça un baiser ?

Nick l'enlaça et, après avoir posé ses lèvres sur les siennes, déclara :

— Ça, c'est un baiser !

Ils rirent de conserve. Comment avait-il pu la trouver froide et hautaine ? En réalité, elle était passionnée et généreuse. Intelligente. Drôle.

Et sensuelle, plus que toutes les femmes qu'il avait connues. Dire qu'elle avait craint de le décevoir… Et lui qui avait oublié les préservatifs ! Heureusement qu'elle prenait la pilule…

Soudain, Nick s'assombrit. Pourquoi prenait-elle la pilule ? Et pourquoi en était-il contrarié, tout à coup ? C'était une chance ! Sinon qu'auraient-ils fait la nuit dernière ? Mais, si elle prenait la pilule, c'était peut-être parce qu'elle avait déjà un amant. La partageait-il avec un autre homme ? La nuit dernière, elle avait crié son nom. La semaine dernière, en criait-elle un autre, qu'elle crierait de nouveau après son départ ?

Nick secoua doucement la tête. Non ! Alessia n'était pas le genre de femme à jongler avec les hommes. Et malgré sa sensualité, malgré le fait qu'elle prenait la pilule, ses réactions quand ils faisaient l'amour étaient… innocentes — il ne voyait pas de mot plus juste pour les qualifier.

Ses soupirs, ses gémissements exprimaient un émerveillement, une sorte de pureté. Impossible de penser qu'elle puisse multiplier les amants et les aventures.

La première fois qu'il avait embrassé le bourgeon gonflé de désir au cœur de sa féminité, elle avait été visiblement stupéfaite. Mais ensuite… Bon sang ! Il ferait mieux de penser à autre chose, sinon il allait la renverser sur les cailloux et…

— Nicolo ?

— Oui, mon cœur ?

— Que dirais-tu de rentrer à la villa ?

— Si tu veux.

— Ce que je veux… c'est toi, avoua Alessia, écarlate.

Devant l'éclat de ses yeux, Nick fut envahi par une émotion indicible. Il l'embrassa avec feu, puis il lui prit la main et l'entraîna en courant jusqu'à la chambre. Leur chambre. Quand elle murmura son nom dans un soupir, au moment où il entrait en elle, tous ses doutes s'évanouirent. Elle était à lui.

Rien qu'à lui.

Elle s'endormit dans ses bras. Le soleil descendait derrière les collines, projetant dans la chambre des ombres de plus en plus longues. La journée touchait à sa fin. Nick n'avait aucune envie qu'elle se termine. Bientôt il faudrait quitter cet endroit pour retourner à la villa Antoninni.

A la réalité.

Alessia soupira dans son sommeil et se blottit plus étroitement contre lui. Il resserra son étreinte. Lorsqu'elle se réveillerait, il lui annoncerait les décisions qu'il avait prises.

Il prêterait à son père l'argent nécessaire pour renflouer la société Antoninni, sans exiger la majorité des parts.

Par ailleurs, il ne séjournerait pas deux semaines en Toscane. Il ne pouvait pas se le permettre. Il avait des obligations à New York. Des réunions. Des rendez-vous. Il lui était impossible de rester.

Mais il reviendrait. Pas le week-end prochain, parce qu'il devait impérativement se rendre à Chicago. Pas le suivant non plus : il avait un rendez-vous très important à Pékin.

Nick crispa nerveusement les mâchoires. Comment concilier sa vie, ses projets, son métier et cette relation ?

Relation ? Etait-ce bien le mot ?

Il avait beau apprécier la compagnie d'Alessia, ce n'était pas une « relation » qu'il avait avec elle. En tout cas, pas au sens où…

Il poussa un soupir exaspéré. Pourquoi se poser des tas de questions ? Pour l'instant, il était ici, avec elle, chaude et douce dans ses bras. Ses cheveux sentaient bon le grand air et sa peau avait ce parfum singulier qu'il aimait tant.

Son désir ravivé, il effleura les lèvres d'Alessia.

Avec un petit soupir, elle ouvrit les yeux et lui sourit. Oubliant tout le reste, il approfondit son baiser.

Plus tard, ils prirent une douche, puis ils burent un *espresso* sur la terrasse qui donnait sur l'oliveraie.

Il était trop tard pour retourner à la villa Antoninni. Mais, après tout, pourquoi se presser ? Nick avait prévu de prendre l'avion demain matin ; or, il pouvait tout aussi bien partir dans l'après-midi. Etant donné qu'il ne voulait pas prendre le risque de rester coincé dans un aéroport, comme à l'aller, et que le jet d'Orsini Brothers était réservé par Rafe, il en avait loué un. Il était donc libre de choisir son horaire de départ.

Il téléphona à l'agent immobilier pour le prévenir qu'il gardait la villa une nuit de plus.

*
* *

Le cuisinier avait préparé un dîner succulent, accompagné d'un excellent vin rouge.

— Parle-moi de New York, demanda Alessia après le dessert.

— Tu n'y es jamais allée ?

Elle sourit.

— Oh si, souvent. Mais je veux que tu me parles de *ton* New York. Des endroits que tu aimes particulièrement.

Nicolo évoqua The Cloisters, le musée du nord de Manhattan. Les rues étroites de SoHo, à l'autre extrémité de l'île, où ses frères et lui avaient acheté un bar de quartier des années auparavant, pour éviter qu'il soit transformé en bar à cocktails.

Alessia pouffa.

— Tu as dit « bar à cocktails » comme si c'était une obscénité !

— Transformer un bar d'habitués, où on mange à la bonne franquette, en lieu branché où les gens paient des fortunes pour des cocktails prétentieux, c'est obscène !

Elle se pencha au-dessus de la table pour déposer un baiser sur ses lèvres.

— J'aimerais beaucoup voir le New York que tu viens de me décrire.

— Moi aussi, j'aimerais que tu le voies, répondit-il spontanément.

— Ce serait bien.

Oui, ce serait bien… et cela le ramenait à ses problèmes de planning. Il faudrait trouver une solution. S'organiser pour pouvoir poursuivre la… relation. Relation ?

— … une grande famille.

Nicolo tressaillit.

— Pardon ?

— Je te disais que, ce matin, tu m'as dit avoir deux sœurs.

Et, maintenant, tu parles de tes frères. Ça doit être agréable d'avoir une grande famille. Combien de frères as-tu ?

— Trois. N'oublie pas que je suis un *siciliano.*

Une ombre passa sur le visage d'Alessia.

— C'est vrai.

Elle baissa les yeux sur son verre, comme si elle était soudain fascinée par le vin.

— Un problème ?

— C'est juste que… j'avais presque oublié…

— Qui je suis, c'est ça ? coupa-t-il sèchement. Un Sicilien du nom d'Orsini.

Les larmes aux yeux, Alessia secoua la tête.

— Non, Nicolo, tu ne peux pas être ce genre d'homme…

Un criminel, un mafioso, un membre de *la famiglia.* Nicolo soupira. Il n'était rien de tout cela, en effet. Et le moment était venu d'expliquer à Alessia ce qu'un homme moins orgueilleux lui aurait dit dès le départ : qu'il avait un vrai métier et qu'il était aussi honorable que Mère Teresa… enfin presque. En tout cas, il pouvait affirmer sans mentir qu'il était un homme honnête, ne devant sa réussite qu'à son travail, et qui avait tourné le dos à son père et à tout ce qu'il représentait avant même d'avoir le droit de vote…

Pourtant, il n'y parvenait pas, comme si son orgueil lui interdisait définitivement de se justifier.

— Et si tu te trompais ? demanda-t-il d'un ton neutre. Si je te disais que je suis exactement ce genre d'homme, que ferais-tu ?

Alessia le dévisagea pendant un instant qui lui parut une éternité. Quel idiot ! Pourquoi prenait-il la peine d'attendre sa réponse ? Au moment même où il se posait rageusement cette question, les larmes qu'elle essayait de contenir inondèrent ses joues.

— Je dirais que ça n'a pas d'importance, répliqua-t-elle d'une voix tremblante. Ce serait peut-être ma perte, Nicolo, mais je dirais que ça m'est égal. Tu es *mio amante,* et je…

Il ne la laissa pas terminer, l'embrassant avec une intensité qui le surprit lui-même.

Impossible de rentrer à New York le lendemain.

Absolument impossible…

11.

Quand elle était enfant, Alessia s'était souvent demandé ce que ressentirait un astronaute qui tomberait dans le soleil. Elle n'avait jamais trouvé la réponse à cette question.

Une nuit, alors que Nicolo et elle vivaient à la villa depuis presque deux semaines, elle avait été réveillée par ses lèvres sur sa nuque et ses mains sur ses seins. Juste avant d'être emportée dans un tourbillon de passion, elle avait soudain pensé : Voilà ce qu'on ressentirait en tombant dans le soleil.

Chaleur inouïe. Spirale de feu. Explosion dévastatrice. Fusion dans le néant… Puis renaissance.

Oui, chaque fois c'était une nouvelle naissance, songea-t-elle le lendemain, alors qu'elle montait en selle pour leur promenade quotidienne à cheval. Chaque nuit, chaque jour elle naissait dans les bras de Nicolo. Son amant…

Son amour.

Une boule se forma dans sa gorge. Non, ce n'était pas de l'amour. Ça ne pouvait pas être ça. L'amour n'était fulgurant que dans les contes de fées. Il était impossible qu'elle l'aime. Elle confondait l'amour avec la passion. Avec le désir. Parce qu'elle le désirait en permanence…

— Alessia, à quoi penses-tu ?

La voix de Nicolo était rauque et ses yeux étincelants.

Elle sentit une vive chaleur l'envahir. Il savait exactement à quoi elle pensait. Il suffisait de le lui confirmer dans un murmure.

« A toi », dirait-elle, comme elle l'avait fait si souvent

au cours des derniers jours. Il descendrait de cheval, il lui tendrait les bras, elle s'y jetterait. Il la porterait jusqu'à la villa et, avant même que la porte de leur chambre soit refermée, ils se déshabilleraient mutuellement, se couvriraient de caresses fébriles. Et peut-être que cette fois, quand il entrerait en elle, il dirait : Alessia, je t'…

— *Principessa ? Signore ? Scusi, per favore… il principe… vostro padre… lui è qui !*

Une des domestiques venait vers eux en faisant de grands signes. Alessia sentit son cœur se serrer. Son père allait lui gâcher son bonheur. Que voulait-il encore ?

— Alessia ?

Elle tressaillit. Nicolo était descendu de cheval et lui tendait les bras. Mais ce n'était pas pour l'emmener dans leur chambre.

Le prince Antoninni n'était pas resté pas longtemps. C'était la première fois que Nicolo le rencontrait, mais il en savait assez à son sujet pour ne pas le tenir en grande estime. Cette visite éclair le conforta dans son opinion.

Il le regarda s'éloigner en direction de sa limousine avec une moue dédaigneuse. Cet aristocrate toscan avait sollicité un prêt auprès de Cesare Orsini, parrain notoire de la mafia. Logiquement, il devait penser que le fils de Cesare était lui aussi un mafioso.

Or, sa fille vivait depuis quinze jours sous le même toit qu'un tel homme et cela ne lui posait visiblement aucun problème. Certes, Alessia était majeure et elle n'avait pas de comptes à rendre à son père. Cependant, ce dernier aurait légitimement pu s'inquiéter de savoir si elle était traitée comme elle le méritait. Quand on appartenait à l'aristocratie toscane, c'était la moindre des choses.

Nicolo serra les dents. Il s'était attendu à des mises en garde voilées, ou au minimum à quelques questions judicieuses.

Rien. Non seulement le prince n'avait fait aucune allusion

à la vie que sa fille menait depuis deux semaines, mais c'était tout juste s'il l'avait saluée d'un hochement de tête !

Pour sa part, il avait eu droit à une poignée de main et à des remerciements pour les dix millions d'euros qui avaient été virés sur le compte de la société Antoninni.

Le prince avait ensuite débité quelques banalités.

A propos du temps : « J'espère que le soleil vous accompagnera pendant tout votre séjour, *signore* Orsini. »

De la Ferrari : « Une voiture remarquable. Malgré tout vous devriez essayer une Lamborghini, un jour. »

De la propriété : « Un endroit magnifique, *signore* Orsini. Félicitations. »

Puis il avait consulté sa montre et déclaré qu'il avait un rendez-vous, mais qu'il espérait le revoir avant son départ pour New York. Nouvelle poignée de main, nouveau hochement de tête à l'adresse de sa fille.

Nicolo, qui tenait délibérément Alessia par les épaules depuis l'arrivée du prince, l'avait sentie se raidir.

— Comment va maman ? avait-elle demandé d'un ton anxieux.

— Bien, avait répondu sobrement son père.

Puis il avait tourné les talons.

Alors que le chauffeur ouvrait la portière au prince, Nick se tourna Alessia. Devant son visage défait, il sentit sa poitrine se serrer.

— Que se passe-t-il, mon cœur ?

Elle secoua la tête.

— Rien.

Il lui prit le menton et plongea son regard dans le sien.

— Pourquoi lui as-tu demandé comment allait ta mère ? Elle est malade ?

Alessia hésita. Pouvait-elle expliquer à Nicolo que, depuis dix ans, sa mère vivait dans une maison de santé ? Elle n'en parlait plus à personne. Pas par honte, mais parce qu'elle ne supportait pas la pitié des gens.

— Alessia ?

Mais Nicolo n'était pas « les gens ». Elle prit une profonde inspiration.

— Ma mère est dans une maison de santé spécialisée dans les soins psychiatriques.

Baissant les yeux, elle se prépara malgré elle à la réaction habituelle. Mine navrée et commentaire apitoyé.

— Ça doit être dur…

Il n'y avait pas la moindre note de pitié dans la voix de Nicolo. Ni dans son regard, constata-t-elle en levant les yeux.

Il la serra dans ses bras.

— Elle doit te manquer. Tu veux lui rendre visite ? Où qu'elle se trouve, je peux t'y conduire. Et si tu es d'accord, et elle aussi bien sûr, je serais enchanté de la rencontrer.

A cet instant, les doutes d'Alessia s'évanouirent. C'était bien de l'amour qu'elle éprouvait pour cet homme merveilleux.

La maison de santé se trouvait à deux heures de voiture de la villa. Pour la première fois depuis que sa mère y séjournait, Alessia en franchissait les portes l'esprit à peu près serein. Ces visites étaient très déstabilisantes parce qu'elle ne savait jamais à quoi s'attendre. Sa mère pouvait être d'humeur joyeuse ou bien enlisée dans un profond désespoir. Parfois elle ne reconnaissait pas sa propre fille et c'était déchirant.

Aujourd'hui, avec Nicolo, elle se sentait capable de tout affronter.

A sa grande joie sa mère était au mieux de sa forme. Alessia fit les présentations d'un cœur léger.

Nicolo baisa la main que lui tendait la princesse, puis il déclara en souriant :

— A présent, je sais de qui votre fille tient sa beauté, *principessa*.

A la fin de leur visite, la princesse déclara :

— Reviens vite me voir avec ton fiancé, Alessia.

— Oh… non, *mamma*, ce n'est pas…

— Oui, bien sûr, nous reviendrons, coupa Nicolo.

Quelle importance si la mère d'Alessia croyait qu'il était le fiancé de sa fille ? D'après ce qu'avait dit Alessia, elle aurait sans doute bientôt oublié leur rencontre. Pourquoi ne pas lui faire plaisir, même si c'était seulement pour quelques heures ?

Le temps passait avec une rapidité saisissante. Dès qu'il avait compris qu'il voulait rester en Toscane plus longtemps que prévu, Nick avait appelé son assistante pour lui demander de déplacer ses réunions et ses rendez-vous. Par une matinée ensoleillée, il annonça qu'une séance de shopping à Florence s'imposait, étant donné qu'il avait fait son sac pour deux jours et qu'il était déjà là depuis plus de deux semaines.

Alessia ne se fit pas prier pour l'accompagner. Après le déjeuner, il décréta que c'était à son tour d'enrichir sa garde-robe. Malgré ses protestations, il l'entraîna dans une boutique prestigieuse et demanda conseil à la vendeuse ravie de s'occuper d'elle.

Resté seul pendant qu'Alessia essayait les tenues que la vendeuse avait d'abord soumises à son approbation, Nicolo sortit son portable de sa poche. Il était grand temps de passer le coup de téléphone qu'il remettait de jour en jour. Falco était toujours en voyage de noces, mais Dante et Rafe se trouvaient à New York, et ils devaient se demander où il était passé.

— Nick ! Mais où es-tu ? s'exclama Rafe.

— A Florence. Je… suis en mission pour Cesare.

Il imagina ses frères en train de rouler les yeux.

— On se doutait bien qu'il avait fini par te piéger, commenta Dante. Comment ça se passe ?

Au même instant, Alessia sortit d'une cabine vêtue d'une minirobe moulante et s'avança vers Nicolo d'une démarche chaloupée.

— Nick ? Comment ça se passe ? répéta Dante.

Il s'éclaircit la voix.

— Bien. Très bien.

— C'est quoi cette mission ?

Alessia arqua les sourcils d'un air interrogateur. Nick leva le pouce avec un sourire.

— Oh ! Rien d'extraordinaire, répondit-il d'un ton désinvolte.

Il se représenta parfaitement Dante et Rafe échanger des regards entendus penchés au-dessus du haut-parleur du téléphone.

— Si tu as besoin d'un coup de main, surtout n'hésite pas, proposa Rafe.

Alessia revint dans une autre robe, plus longue mais dotée d'un décolleté plongeant.

— Nick ? Si tu as besoin…

— Non, merci, coupa Nick précipitamment. Tout se passe très bien. Seulement je… je risque d'en avoir encore pour quelque temps.

Silence.

Puis Dante déclara :

— Dis-moi, cette mission… concerne-t-elle de près ou de loin une femme ?

— Non, affirma Nick.

— Parce que si c'est le cas…

— Oh ! oh ! Je crois qu'on va être coupés.

Il referma son portable d'un coup sec.

Il n'avait pas menti, se dit-il tandis que la vendeuse lui présentait une nouvelle robe. Pas du tout. Cette mission ne concernait pas « une femme ».

Elle concernait la femme la plus fantastique du monde.

Lorsque cette femme fantastique le rejoignit, une fois les essayages terminés, elle était rouge d'indignation parce que la vendeuse lui avait expliqué que c'était « monsieur » qui payait.

— Si tu t'imagines que je vais accepter, tu es fou…

— Je *suis* fou, acquiesça Nick d'une voix douce en la prenant dans ses bras. Fou de toi.

Alessia se promenait main dans la main avec Nicolo sur le *Ponte Vecchio,* avec à son cou le cœur en or qu'il venait de lui acheter chez un orfèvre, un bijou ancien magnifique.

Elle n'avait jamais été aussi heureuse... Non, « heureuse » n'était pas assez fort. Mais existait-il un mot pour décrire ce qu'elle ressentait ? A tout instant, elle avait l'impression que son cœur allait éclater tellement il débordait d'amour.

Son amant n'était pas seulement l'homme le plus beau du monde. Il était bon et attentionné, généreux et compatissant, spirituel et cultivé.

Comment ne pas être amoureuse de lui ? Comment ne pas rêver qu'ils ne se quitteraient jamais ? Oui, bien sûr, c'était un rêve complètement fou, mais il lui était impossible de ne pas se laisser aller à imaginer qu'il pourrait partager ses sentiments ? Lui demander de l'épouser, de lui faire un...

Alessia eut l'impression de recevoir un coup de poing dans l'estomac.

Non... Non ! Pas ça !

Les jambes tremblantes, elle s'immobilisa. Elle avait un retard de cinq jours.

Cinq jours !

— Princesse ?

— Je... je viens juste de me rappeler..., bégaya-t-elle, terrorisée.

S'exhortant au calme, elle s'efforça de prendre un ton léger.

— Il faut que je m'arrête dans une pharmacie.

Elle en connaissait une à proximité. Quand Nicolo voulut la suivre à l'intérieur, elle l'arrêta.

— Non, attends-moi dehors. Je dois acheter quelque chose... de très féminin.

Avec un sourire malicieux, il fit valoir qu'il avait passé l'âge où un homme pouvait être embarrassé en voyant une femme acheter des choses « très féminines ». Il croyait sans doute qu'elle avait besoin de tampons hygiéniques. *Dio,* si seulement !

Par miracle, elle parvint à lui rendre son sourire.

— Nous sommes en Italie, *signore*. Pour ce genre d'achat, les hommes n'accompagnent pas les femmes.

C'était faux, mais Nicolo ne pouvait le savoir. Il roula les yeux et dit qu'il l'attendait dehors, puis il l'embrassa brièvement. Elle faillit lui avouer qu'elle était effrayée.

Elle acheta une demi-douzaine de tests de grossesse.

De retour à la villa, elle annonça qu'elle avait besoin d'être seule pour essayer les tenues qu'il lui avait achetées et en choisir une pour le dîner. Il déclara que ce serait un immense plaisir pour lui d'assister à l'essayage, mais elle insista pour qu'il la laisse parce qu'elle voulait lui faire la surprise. Heureusement, il capitula…

Enfin seule, Alessia se rendit dans la salle de bains et ouvrit les boîtes avec des doigts tremblants.

Elle essaya tous les tests les uns après les autres, en buvant le plus d'eau possible entre les tentatives.

Chaque fois, le même résultat.

Positif.

Elle était enceinte !

Elle prenait la pilule depuis presque un an. Son gynécologue la lui avait prescrite pour atténuer les douleurs qui l'assaillaient à chaque cycle. Quand Nicolo lui avait posé la question, elle avait donc répondu par l'affirmative…

Sauf que, ce soir-là, elle avait oublié sa plaquette dans sa chambre à la villa Antoninni. Elle prenait toujours sa pilule au moment de se coucher mais, dans le feu de la passion, elle avait négligé ce détail.

Quand avait-elle fini par la reprendre ? Seulement deux jours — et deux nuits — plus tard, calcula-t-elle, quand ils étaient retournés chez son père pour chercher des affaires.

Elle s'affaissa sur le sol et se mordit le poing pour étouffer le bruit des sanglots qui montaient en elle.

Elle avait donc oublié trois comprimés. Trois ! Comment avait-elle pu faire preuve d'une telle inconscience ? Aujourd'hui, elle était enceinte ! Dans son ventre, le bébé de Nicolo grandissait déjà, minuscule et sans défense.

Et non désiré…

Des coups frappés à la porte la firent sursauter.

— Alessia ? Tout va bien ? Je commençais à trouver le temps long, alors…

Elle bondit sur ses pieds, ramassa tous les tests et les jeta dans la poubelle.

— Alessia, réponds-moi ! Tu es malade ?

— Non ! répondit-elle d'une voix aiguë qu'elle ne reconnut pas. Enfin si. Je… j'ai mes règles et…

— Ouvre la porte, mon cœur.

— Non ! Nicolo, *per favore !* Je te l'ai dit, c'est un problème féminin.

Nick secoua la tête. Il avait l'habitude des « problèmes féminins ». Quand on avait deux sœurs, ce « mystère » n'en restait pas un très longtemps. Alors qu'Isabella n'était jamais affectée par ses menstruations, Anna se traînait lamentablement pendant cinq jours, une bouillotte sur le ventre.

Toutefois, il n'avait jamais entendu Anna, ni aucune autre femme d'ailleurs, pleurer dans ces moments-là. Or, quand il était arrivé, Alessia sanglotait. Il n'y avait aucun doute là-dessus…

— Je rentre, prévint-il d'un ton indiquant qu'il était inutile de tenter de l'en dissuader.

— Non ! Nicolo…

Il ouvrit la porte et vit Alessia assise sur le rebord de la baignoire, les yeux rouges, le visage trempé de larmes.

— Mon cœur…

— Nicolo !

Elle se jeta dans ses bras.

Il la souleva de terre, la porta dans la chambre et, une fois assis dans un fauteuil, la serra contre lui en la berçant. Un long moment s'écoula. Les sanglots d'Alessia s'apaisèrent.

Les larmes cessèrent de couler. Il attendit encore un peu. Puis il se pencha et écarta les boucles blondes collées à ses joues mouillées.

— Que se passe-t-il ?

Elle leva les yeux vers lui. L'inquiétude assombrissait son regard. Nicolo était un homme bon et généreux. Il n'avait pas mérité ça.

Elle pourrait lui mentir, bien sûr. Lui dire qu'elle avait des douleurs insupportables. Lui dire n'importe quoi…

— Alessia, parle-moi.

Elle prit une profonde inspiration.

— Je suis enceinte.

12.

Enceinte…

L'adjectif résonna dans l'esprit de Nicolo comme un coup de tonnerre. Un filet de sueur coula dans son dos. S'il y avait un mot qu'un homme n'avait pas du tout envie d'entendre dans la bouche de sa maîtresse, c'était bien celui-là…

Au fil des années, il avait pris l'habitude d'entendre des propos embarrassants, comme : « Je t'aime », ou : « Je sais que tu ne veux pas d'une relation sérieuse, *mais…* » Une femme lui avait même déclaré un jour alors qu'il la quittait : « Nous ne pouvons pas rompre ! Que vont dire mes amis ? »

Car il annonçait toujours clairement dès le départ qu'il n'envisageait pas de se lier, surtout pas « pour toujours ». De son point de vue, « pour toujours » était une illusion.

Oui, il avait entendu les femmes lui dire des tas de choses, mais jamais aucune ne lui avait encore annoncé qu'elle était…

— Enceinte ?

Nick s'éclaircit la voix avant de reprendre :

— Tu es sûre ?

— *Sì.*

— Comment le sais-tu ?

— J'ai fait un test… Plusieurs tests.

Les mains d'Alessia, toujours dans celles de Nicolo, tremblaient.

— Tu as beaucoup de retard ?

Alessia s'empourpra.

— Cinq jours. Je… je ne me suis pas rendu compte que…

Nicolo lui lâcha les mains.

— Tu m'as dit que tu prenais la pilule.

— Je la prends.

Rassemblant son courage, elle affronta son regard.

— Mais, le premier soir, je n'avais pas ma plaquette sur moi. Et comme nous avons attendu deux jours pour retourner chercher des affaires à la villa…

— Donc, on ne peut pas dire que tu prenais la pilule. Et pourtant tu m'as affirmé le contraire !

Nick savait qu'il brusquait un peu trop sa maîtresse ; il était même un peu agressif. Mais, bon sang, elle avait dit qu'elle se protégeait !

Il fit descendre Alessia de ses genoux et se leva ; il arpenta un moment la pièce avant de se retourner vers elle.

— Es-tu certaine que c'est de moi que tu es enceinte ?

Alessia eut toutes les peines du monde à ne pas se jeter sur lui pour le cribler de coups de poing rageurs. Et pourtant… Ses doutes étaient légitimes : elle s'était retrouvée dans ses bras quelques heures après leur rencontre ; et dans son lit dès le lendemain ! Elle s'était conduite avec lui comme jamais elle ne l'avait fait avec aucun autre homme auparavant.

Mais comment pourrait-il le savoir ?

De son côté, il avait sûrement de nombreuses amantes. Il ne pouvait pas deviner qu'avant lui, elle n'avait pas couché avec un homme depuis presque quatre ans ! Alors oui, il était normal qu'il s'interroge.

Malgré tout, elle lui en voulait terriblement.

— Je t'ai posé une question. Es-tu certaine que je suis bien…

— Non, coupa-t-elle d'un ton glacial. Je n'en suis pas certaine. C'est peut-être le boucher. Ou bien l'homme de ménage, à l'agence. A moins que ce soit le concierge de mon immeuble ou le serveur d'un restaurant où j'ai dîné la semaine dernière. Et, si ce n'est aucun d'entre eux, c'est le batteur du groupe de rock dont j'ai assuré la promotion. Ou alors…

Nicolo la rejoignit en deux enjambées et la saisit par les épaules.

— Tu trouves ça drôle ?

— Je trouve surtout que j'ai été stupide de t'en parler !

Les yeux d'Alessia lancèrent des étincelles.

— Oublie ce que je t'ai dit, poursuivit-elle. Ce n'est pas ton problème, c'est le mien.

— Hé ! Je n'ai jamais…

— J'ai l'habitude de me débrouiller seule. Je n'ai pas besoin de toi, ni de personne ! D'ailleurs, je ne t'aurais rien dit si tu ne t'étais pas imposé.

— Pardon ?

— La porte de la salle de bains était fermée. Je t'ai demandé de ne pas l'ouvrir, mais tu ne m'as pas écoutée.

— Heureusement ! Si tu es enceinte de moi, c'est autant mon problème que le tien !

Le cœur d'Alessia se serra. Ces paroles auraient dû la réconforter, mais ce n'était pas le cas. Cette grossesse était un problème, en effet. Mais elle ne supportait pas d'entendre Nicolo le formuler en ces termes. Réaction stupide sans doute, mais c'était plus fort qu'elle. Sa mère était le « problème » de son père depuis toujours, du moins le prétendait-il. Pour sa part, elle n'accepterait jamais d'être considérée comme un « problème » par Nicolo Orsini ni par aucun autre homme !

— Lâche-moi ! intima-t-elle sèchement.

— Ne me reproche pas de m'être imposé alors que cette nouvelle me concerne autant que toi !

— Je ne te demande qu'une chose : de me laisser tranquille !

Effaré, Nick ne savait plus à quel saint se vouer. D'abord, elle lui balançait une nouvelle explosive et, ensuite, elle l'envoyait promener. Certes, entre-temps, il lui avait demandé un peu sèchement si elle était sûre que l'enfant était de lui — si on pouvait appeler « enfant » quelques cellules d'à peine deux semaines ! Mais bon sang ! quel homme ne poserait pas la question ?

Il avait une furieuse envie de la secouer pour lui faire recouvrer la raison… ou bien de l'embrasser. Parce qu'il lui reconnaissait tout de même du cran. Pourtant, d'une manière ou d'une autre, il fallait lui remettre les idées en place.

S'imaginait-elle qu'il allait fuir ses responsabilités ? D'accord, elle lui avait affirmé qu'elle prenait la pilule, mais il était aussi responsable qu'elle. Il aurait dû utiliser des préservatifs. Il en utilisait toujours.

Sauf avec elle.

Dio !

Il lâcha Alessia et lui tourna le dos. Inutile de se mentir : la première nuit, il aurait été incapable de renoncer à lui faire l'amour. Il serait devenu fou s'il n'avait pas pu se perdre en elle… Il s'était mis dans un fichu pétrin et il fallait trouver un moyen d'en sortir. Pour lui comme pour elle.

Pour faire un bébé, il fallait être deux. C'était donc à deux qu'il fallait affronter la situation. Et même si elle n'était pas d'accord, même si elle considérait qu'il s'imposait une fois de plus, elle serait obligée de compter avec lui. Il ne lui laisserait pas le choix.

— D'accord… Nous allons discuter calmement. Très calmement, parce que…

Il se retourna vers elle et crut que son cœur allait s'arrêter.

Malgré cet air hautain et froid, auquel il avait déjà eu droit lors de leur première rencontre, ce qu'il voyait maintenant en elle c'était la femme à laquelle il s'était attaché. Même en ce moment, avec l'estomac noué et l'esprit en ébullition, il avait envie d'elle à en devenir fou.

Elle avait beau darder sur lui un regard de défi, la peur se lisait dans ses yeux. Et, malgré la chaleur qui régnait dans la pièce, elle était parcourue de tremblements. Il serait très facile d'apaiser ces tremblements en la prenant dans ses bras et en l'embrassant. En l'embrassant jusqu'à ce qu'elle lui rende son baiser avec passion…

Avec un grognement de désespoir, Nick sortit de la pièce et quitta la villa.

Mains dans les poches et tête baissée, il grimpa la colline située derrière la maison. Le soleil se couchait. Des ombres envahissaient peu à peu l'oliveraie, transformant les arbres en créatures d'un autre monde à la silhouette tourmentée. Un ululement accentua l'étrangeté du paysage et la confusion qui régnait dans son esprit.

En réalité, il était encore plus responsable qu'Alessia de ce désastre. Le soir où il l'avait amenée dans cette villa, il avait tout fait pour qu'elle perde la tête. Pour qu'elle oublie tout. Alors comment lui reprocher d'avoir oublié sa pilule ? Lui-même avait bien oublié les préservatifs ! Or, dans ce genre de circonstances, cela faisait pourtant partie des produits de première nécessité…

Nick donna un coup de pied dans une pierre.

La vérité, c'était que, ce soir-là, il n'avait eu qu'une idée en tête : assouvir le désir qu'il éprouvait pour Alessia. La faire sienne, comme si, en couchant avec une femme, un homme se l'appropriait…

Mais un homme ne pouvait mettre un adjectif possessif devant une femme qu'après l'avoir épousée. Et le mariage ne faisait pas partie de ses projets — devenir père encore moins, en tout cas pas avant très longtemps !

A en juger par l'état dans lequel il avait trouvé Alessia dans la salle de bains, elle n'était de toute évidence pas prête non plus à avoir des enfants.

Elle était jeune, belle, intelligente, avec le monde entier à explorer… Quoi qu'elle décide — mettre fin à sa grossesse, garder le bébé et l'élever ou le garder et le faire adopter —, sa vie serait bouleversée à jamais.

Et c'était sa faute à lui.

Nick s'arrêta et leva les yeux vers le ciel. La nuit tombait rapidement. Une poignée d'étoiles scintillaient déjà sur l'outremer de la voûte céleste. Une lune ronde et lumineuse montait à l'horizon.

L'univers semblait immuable et, pourtant, son existence venait de se voir chamboulée. Quelle que soit la décision d'Alessia, il ne pourrait jamais oublier qu'il avait engendré un enfant.

Si elle acceptait ce caprice du destin, il reconnaîtrait le bébé et subviendrait à ses besoins, bien sûr. Mais participerait-il à sa vie ? Alessia préférerait peut-être éviter à sa fille le traumatisme de relations sporadiques avec son père biologique. Sa fille… ou son fils ! Mais il lui était plus facile d'imaginer une petite fille avec les traits d'Alessia, ses cheveux dorés, ses yeux bleus…

Soudain, il interrompit le cours de ses divagations, alerté par un bruit de moteur. Il tourna la tête vers la villa.

Un taxi remontait l'allée. Il s'arrêta en bas des marches et klaxonna.

Nicolo lâcha un juron et piqua un sprint.

La porte s'ouvrit sur Alessia au moment où il arrivait sur le perron. Elle avait son sac de voyage à la main.

Elle le quittait ! Comment osait-elle ? Il darda sur elle un regard étincelant.

— Où comptes-tu aller ?

Le regard froid, elle le toisa comme jadis à l'aéroport, un million d'années plus tôt…

— Laisse-moi passer !

Nouveau coup de Klaxon. Nicolo foudroya le chauffeur du regard puis se retourna vers Alessia.

— Je t'interdis de bouger.

Elle s'esclaffa, puis commença à descendre. Il la saisit par le bras et approcha son visage à quelques centimètres du sien.

— Je te préviens, ne fais pas un pas de plus.

— Qui es-tu pour me donner des ordres ?

— Je vais te dire qui je suis. Mon nom est Nicolo Orsini. Et, à moins que tu aies envie de savoir exactement ce que ça signifie, tu ne feras pas un pas de plus. *Capisce ?*

— Comment oses-tu ? Je suis une princesse toscane, j'ai des…

Nick plaqua les lèvres sur les siennes en un baiser impérieux, sauvage. Alessia le frappa de sa main libre ; il la saisit et la coinça derrière son dos. Il ne lâcha la bouche de sa maîtresse que lorsqu'elle s'abandonna enfin dans un gémissement.

Il se dirigea alors vers le taxi en sortant son portefeuille de sa poche. Il mit une liasse de billets dans la main tendue du chauffeur, qui démarra en trombe. Nick resta immobile quelques secondes avant de se retourner vers Alessia.

— Où comptais-tu aller ?

— Ça ne te…

— Tu m'annonces que tu es enceinte de moi, et ensuite tu prends la fuite ?

Elle redressa les épaules.

— Je ne prends pas la fuite !

— Tu as peur de m'affronter, c'est ça ?

— Pas du tout. Je… je m'en allais, c'est tout.

Nick croisa les bras.

— Je te repose la question : où comptais-tu aller ?

Alessia cilla, visiblement désemparée.

— Tu n'as pas le droit de…

Nick referma les mains sur ses épaules.

— J'ai tous les droits ! Quels sont tes projets ? C'est mon enfant que tu portes, bon sang !

Une lueur d'amertume s'alluma dans les yeux d'Alessia.

— Tu en es sûr ? lança-t-elle.

Nick encaissa la pique sans broncher. Il ne l'avait pas volée… Il prit une profonde inspiration.

— Réponds-moi : que veux-tu faire au sujet du bébé ?

Une ombre passa sur le visage d'Alessia et il sentit sa colère s'évanouir.

— Ce n'est pas facile pour moi non plus, reprit-il d'une voix plus douce. Parle-moi. Dis-moi ce que tu envisages.

Elle continua de le défier, le menton fièrement levé. Puis, soudain, toute son énergie sembla l'abandonner.

— Je… je ne sais pas.

Elle posa sur lui un regard perdu.

— Tu crois que je peux prendre une décision de ce genre en une heure ? En une journée ? Ma vie est bouleversée, Nicolo. Quoi que je fasse, plus rien ne sera jamais comme avant.

— Viens ici, murmura-t-il en la prenant dans ses bras.

Elle résista, mais à peine plus d'une seconde. Laissant échapper un petit sanglot, elle se pelotonna contre lui.

— Tu as raison, dit-il en lui caressant les cheveux. Plus rien ne sera jamais comme avant. Nous avons un choix à faire, princesse. Peut-être le plus important de notre vie.

Alessia ferma les yeux. Les caresses de Nicolo étaient si apaisantes… Elle avait tellement envie de se reposer sur lui…

Mais il fallait rester réaliste. Ce n'était plus le moment de rêver : elle ne vivait pas dans un conte de fées. Malgré tout, il était réconfortant de constater qu'elle ne s'était pas trompée au sujet de son amant. Qu'il ait refusé de la laisser partir, qu'il tienne à prendre ses responsabilités, qu'il la serre aussi tendrement dans ses bras, était la preuve de sa bonté et de sa générosité.

— Alessia, rentrons. Nous allons nous asseoir, boire un café et discuter.

Il lui prit le menton.

— Tout va bien se passer, mon cœur. Tu verras.

Elle se laissa entraîner dans l'air doux de la nuit jusqu'à la terrasse, à l'arrière de la villa. Quelques semaines plus tôt, c'était aussi sur une terrasse, dans l'air doux de la nuit, qu'elle avait entendu pour la première fois le nom d'Orsini.

Qui aurait pu imaginer que Nicolo Orsini deviendrait son amant ? Le père de son enfant ?

Il la conduisit jusqu'à une causeuse, s'assit avec elle et

cala une mèche blonde derrière son oreille avant de lui prendre les mains.

— Dis-moi ce que tu envisages.

Elle prit une profonde inspiration.

— Il existe des cliniques privées. L'avortement est légal ici.

— Mais ?

— Mais ce n'est pas ce que je veux.

— Tu souhaites garder le bébé ?

Alessia hocha la tête.

— Et ensuite ?

Elle se mordit la lèvre. Pour l'instant, elle ne savait pas encore très bien. Elle aimait son travail et elle avait de l'ambition. Etait-il bon pour un enfant d'avoir une mère comme elle ? De grandir sans père ? Peut-être valait-il mieux le donner à adopter — tellement de couples désiraient un enfant sans pouvoir en avoir… Mais ne risquait-elle pas dans ce cas de passer le reste de sa vie à s'interroger sur le sort de son bébé ? De se demander s'il se portait bien ? S'il était heureux ?

Elle leva les yeux vers la voûte étoilée, comme si une réponse l'y attendait. Elle ne pouvait pas s'empêcher de penser au bébé comme à un petit garçon avec les traits de Nicolo. Ses cheveux bruns. Ses yeux noirs.

— Et ensuite ? répéta Nicolo à voix basse. Après sa naissance, que feras-tu d'elle ?

— De lui, rectifia machinalement Alessia.

Nick sourit.

— De lui. Qu'envisages-tu, princesse ?

Alessia laissa échapper un profond soupir. Elle connaissait la réponse depuis le début, mais elle ne se l'était pas encore formulée clairement jusqu'à cet instant.

— Je le garderai.

— C'est ce que j'espérais, avoua Nicolo en la prenant dans ses bras.

Elle se raidit. Les questions de son amant s'expliquaient désormais : il voulait savoir à quoi s'en tenir. Maintenant, il allait généreusement lui proposer son soutien financier. Elle n'en voulait pas. Il valait mieux rompre complètement. Elle travaillerait dur et gagnerait assez d'argent pour donner à son bébé tout ce dont il avait besoin…

Nicolo s'écarta d'elle et plongea ses yeux noirs dans les siens.

— Alessia, veux-tu m'épouser ?

Elle sembla tout à coup tellement stupéfaite, restant bouche bée à le regarder comme s'il était un martien, que Nick faillit éclater de rire. Mais il se pencha lentement vers elle et effleura ses lèvres.

— Epouse-moi, princesse. Nous élèverons notre enfant ensemble.

— Non. C'est un geste très généreux, Nicolo, mais… le mariage…

— Est-ce une perspective si épouvantable de m'épouser ? De devenir Mme Nicolo Orsini ?

Epouvantable ? Alessia lutta pour retenir les mots qui menaçaient de s'échapper de son cœur. Non, il ne fallait pas ! Surtout pas ! Il ne fallait pas lui dire qu'elle l'aimait, qu'elle n'aimerait jamais que lui…

— Princesse ?

Il attendait sa réponse… Elle avait envie de dire oui, de le lui crier, mais pouvait-elle épouser un homme qui ne l'aimait pas ? Même pour une noble raison, ne serait-ce pas la pire erreur qu'elle pourrait commettre ?

— Princesse ?

— Mais… l'amour ?

Nicolo frôla de nouveau sa bouche.

— Quoi, « l'amour » ? murmura-t-il contre ses lèvres.

Puis il commença à la déshabiller, et l'esprit d'Alessia se vida complètement.

13.

Ils se marieraient civilement. Ce serait rapide. Cependant, ils devraient quand même attendre deux semaines, prévint Alessia.

C'était le matin et ils étaient encore au lit.

— Nous nous marierons demain, affirma Nicolo.

Elle pouffa.

— Impossible.

— Parce que ?

— Parce que nous sommes en Italie. Un pays où il y a des lois. Ce n'est pas le cas aux Etats-Unis ?

Nicolo lui déposa un baiser sur le nez.

— Si, mais je suis un homme impatient.

— Eh bien, *signore impaziente,* tu ne peux rien y faire. La loi est la loi.

— Et tu connais la loi, princesse ?

— Oui, répondit-elle d'un air faussement supérieur.

Elle travaillait dans les relations publiques : il lui était arrivé plusieurs fois d'organiser des mariages. Pour se marier, il suffisait à Nicolo, citoyen américain, de remplir les formulaires nécessaires. Mais, pour une Italienne, c'était différent : les bans devaient être publiés deux dimanches avant le jour de la cérémonie.

Nicolo la fit rouler sous lui.

— Nous verrons ça.

— Nicolo, il n'y a rien à voir ! C'est la loi.

Il pouffa, puis il captura sa bouche avec fougue.

*
* *

En fin de matinée, Nick donna quelques coups de téléphone. Dans l'après-midi, un coursier apporta une enveloppe en papier kraft. Il l'ouvrit, vérifia son contenu et eut un large sourire.

— Qu'y a-t-il ? demanda Alessia.

— Il est temps d'aller acheter une robe de mariée, princesse.

— Tu veux dire…

Elle indiqua l'enveloppe d'un signe de tête.

— Ça concerne les bans ?

— Quels bans ? plaisanta-t-il avant de l'embrasser.

Il l'emmena à Florence, dans une boutique qu'elle avait repérée un soir, alors qu'ils se promenaient après avoir dîné dans un petit café.

— Nous voulons une robe, dit-il à la vendeuse.

— Pour une occasion spéciale ?

— Très spéciale, acquiesça-t-il d'un ton solennel en resserrant son bras autour de la taille d'Alessia. Nous nous marions demain.

Alessia rougit. La vendeuse sourit. Une heure plus tard, ils quittaient la boutique avec une robe de soie rose pâle, la veste assortie, une minuscule pochette et des escarpins dorés.

Le soir tombait et l'air s'était rafraîchi.

— Tu as froid, mon cœur ? demanda Nick en sentant Alessia frissonner contre lui.

Elle hocha la tête. Impossible de lui avouer que c'était l'anxiété qui la faisait frissonner. Tout allait trop vite. Précipitait-il les choses parce qu'il craignait qu'elle change d'avis ? Ou bien parce qu'il craignait de changer d'avis lui-même ?

Elle frémit. Mieux valait éviter de se poser ce genre de questions…

*
* *

Nick était conscient d'agir dans la précipitation, mais il avait une bonne raison pour cela. Ses frères étaient très doués pour découvrir les secrets. Et, s'ils découvraient celui-ci, le mariage tournerait au cirque.

Sa mère et ses sœurs se pâmeraient d'abord, puis elles prendraient les choses en main, comme pour les mariages de Rafe, Dante et Falco. L'église, la musique, la réception, le gâteau, le menu, les fleurs, les tenues, les invités…

Quant à ses frères, ils ne seraient pas dupes. Ils se douteraient bien que s'il épousait Alessia deux semaines après l'avoir rencontrée, c'est qu'une troisième personne s'était invitée dans la relation… Eh bien oui, ils attendaient un bébé, mais cela ne les regardait pas. Alessia allait devenir sa femme et qu'elle soit enceinte ou pas ne regardait personne.

Plus il y réfléchissait, plus il était convaincu d'avoir fait le bon choix. Son enfant, celui qu'il avait conçu avec Alessia, méritait un père.

Le mariage était soudain, certes, mais il serait une réussite. A vrai dire, il se réjouissait même à l'idée de commencer toutes ses journées avec Alessia dans ses bras et de les terminer de la même manière. Beaucoup de mariages s'étaient construits sur des bases moins solides.

Dans sa tête, le planning était déjà établi. Mariage puis lune de miel dans la plus grande discrétion. Ensuite, il annoncerait la nouvelle à ses frères et leur demanderait de la transmettre à sa mère et à ses sœurs. Quand ce serait fait, il emmènerait Alessia à New York pour la présenter à sa famille.

Pour l'instant, la seule personne à informer était le prince Antoninni. Ce dernier connaissait sans doute tout le monde à Florence et la nouvelle lui parviendrait rapidement. Or, il voulait la lui annoncer le premier.

Il n'aimait pas Antoninni. Parce qu'il avait amené son entreprise au bord de la faillite, mais surtout parce qu'il n'avait pas hésité à charger sa fille de s'occuper de Cesare

Orsini. Par ailleurs, il ne semblait pas avoir beaucoup d'affection pour elle. Malgré tout, il était son père.

Ce soir-là, alors qu'Alessia se démaquillait, Nick téléphona au prince et laissa un bref message sur sa boîte vocale.

— Nicolo Orsini. Votre fille m'a fait l'honneur d'accepter de m'épouser. Le mariage a lieu demain à 10 heures, dans la *Sala Rossa* du *Palazzo Vecchio.* Vous êtes le bienvenu, bien entendu.

Ce n'était certes pas très chaleureux, mais Antoninni ne méritait pas mieux.

Le lendemain matin, le soleil brillait. Quelques minutes avant 10 heures, Alessia pénétra dans le *palazzo* au bras de Nicolo, l'estomac noué. Plus tôt, alors qu'ils étaient encore au lit, il avait déclaré :

— Notre union sera heureuse, tu verras.

Comme elle avait envie de le croire ! Mais elle l'épousait par amour ; alors que de son côté il l'épousait uniquement par devoir…

Derrière le maire qui venait à leur rencontre, elle eut la surprise de voir son père. Que faisait-il là ? Elle se rendit soudain compte qu'elle n'avait pas pensé à s'assurer qu'il avait vraiment l'intention de tenir sa promesse. Décidément, quand elle était avec Nicolo, elle oubliait tout le reste…

Elle posa la main sur le bras de son futur mari.

— Le maire va sûrement vouloir te dire quelques mots. Pendant ce temps, je vais en profiter pour parler à mon père.

Il l'embrassa furtivement.

— Souviens-toi seulement de revenir à temps pour devenir ma femme.

Elle lui rendit son baiser, puis elle rejoignit son père et l'entraîna à l'écart.

— Félicitations, ma fille, déclara-t-il avec un sourire narquois. Quel joli coup ! Tu vas devenir une épouse Orsini. *Eccellente !*

Elle ignora ce commentaire.

— Parle-moi de *mamma*.

— Pour te dire quoi ? Elle va bien.

— Elle est toujours dans sa maison de santé, j'espère ? Je te rappelle que nous avions un accord. Je devais recevoir Cesare Orsini à ta place et tu…

— Quelle hôtesse tu as été, Alessia ! Tu t'es surpassée. Mais je n'ai jamais douté que tu t'en sortirais beaucoup mieux que moi.

— Tu veux dire que tu avais décidé depuis le début de me confier ce rôle ?

— Bien sûr ! Quand Orsini m'a annoncé qu'il m'envoyait son fils au lieu de venir à Florence lui-même…

Le prince pouffa devant la mine de sa fille.

— Ne prends pas cet air offusqué ! Tu as fait du bon travail. Non seulement tu m'as obtenu le prêt, mais tu en as fait doubler le montant.

— Je n'y suis pour rien. C'est Nicolo qui a décidé de te verser dix millions d'euros.

— Dix millions d'euros et, en prime, je vais avoir pour gendre un des hommes les plus riches et les plus puissants de New York.

Antoninni fronça les sourcils.

— Tu es enceinte ? C'est la raison de ce mariage précipité ?

— Ça ne te regarde pas, rétorqua sèchement Alessia. Notre accord concernait *mamma*. As-tu tenu ta promesse ?

Son père se fendit d'un soupir théâtral.

— Je la tiendrai.

Pouvait-elle le croire ? Alessia en doutait. Il paierait l'établissement pendant quelque temps, puis il arrêterait. Elle calcula rapidement le coût de l'hospitalisation sur plusieurs années.

— Tu vas déposer trois millions d'euros sur mon compte aujourd'hui.

— Trois millions ? Tu plaisantes, ma fille ! C'est beaucoup trop ! Même pour m'avoir obtenu dix millions, être tombée enceinte d'Orsini et…

— Continuez, intervint Nicolo d'une voix glaciale. Je suis curieux d'entendre la suite.

Le prince pâlit.

— *Signore* Orsini ! Je ne vous ai pas vu arriver…

— Je m'en doute.

Soulagée par l'arrivée de Nicole, Alessia espéra qu'il avait tout entendu. Elle aurait dû lui confier ses inquiétudes avant, mais désormais elle pouvait lui faire confiance pour obliger son père à tenir sa promesse.

— Nicolo, je suis heureuse que tu aies surpris notre conversation. Mon père et moi nous avions un accord…

— J'ai compris, merci.

Pourquoi ce ton cassant, tout à coup ? Et pourquoi ce regard dur ? Alessia sentit son estomac se nouer. Il avait dû mal interpréter sa conversation avec son père !

— Nicolo ! Tu ne comprends pas !

Elle poussa un petit cri de douleur tandis qu'il lui saisissait brutalement le poignet.

— Au contraire, je comprends tout, *principessa.*

Il baissa les yeux sur son ventre.

— En particulier, pourquoi tu as « oublié » ta pilule.

Elle sentit le sang se retirer de son visage.

— Tu te trompes ! Je te jure que…

— Dis au revoir à ton cher papa, mon cœur. Tu ne le reverras pas de sitôt.

— Nicolo ! Nicolo, *per favore* !

— Ne fais pas cette tête, ma belle. Tu as quand même gagné le gros lot : je vais t'épouser, et tu vas mettre mon enfant au monde.

— Je sais ce que tu crois avoir entendu, mais…

— Disparaissez de ma vue, intima Nicolo à Antoninni.

Blême, le prince détala comme un rat. Alessia tendit la main vers Nicolo.

— Ecoute-moi, s'il te plaît !

— Ça suffit, princesse. Nous sommes ici pour nous marier, comme prévu dans l'accord que tu as passé avec ton père.

— Non ! Tu te trompes ! Nicolo, s'il te plaît, écoute…

— D'abord, je vais annuler le prêt, coupa-t-il d'une voix suave. Et ensuite je te prendrai mon enfant.

Horrifiée, Alessia resta sans réaction. Nicolo lui prit la main et l'entraîna à l'autre bout de la pièce, où les attendait le maire.

Cinq minutes plus tard, ils étaient mari et femme.

Nicolo avait prévu plusieurs surprises pour son épouse. Lune de miel à Venise, au Gritti Palace : cinq jours dans une suite somptueuse. Puis deux jours à Milan pour faire du shopping chez les stylistes. Et, enfin, vol pour New York en jet privé, dans la chambre duquel une bouteille de Krug rosé millésimé les attendrait, au milieu des roses et des orchidées.

Rien de tout cela n'était plus d'actualité. Nick passa quelques coups de téléphone pour modifier le programme. Après un détour par la villa pour récupérer les bagages, ils prirent la direction de l'aéroport, où le jet les attendait, prêt à décoller pour les Etats-Unis — sans champagne ni fleurs…

Cependant, il y avait quand même une chambre, songea-t-il froidement en montant la passerelle, sa femme fermement tenue par le bras. Pas question de renoncer à la seule satisfaction que pouvait lui apporter Alessia Antoninni Orsini… du moins jusqu'à ce qu'elle mette son enfant au monde.

— Nicolo, murmura-t-elle alors que la porte de l'appareil se refermait derrière eux. Nicolo, je t'en supplie, écoute-moi…

C'était ce qu'elle répétait inlassablement depuis qu'il avait surpris sa conversation avec son père. Comme chaque fois, il l'ignora.

Ecouter quoi ? De nouveaux mensonges ? Il en avait assez entendu !

Elle n'avait aucune expérience avec les hommes…

Elle avait « oublié » sa pilule…

Et tous ces mots qu'elle avait murmurés ou criés dans ses bras…

Mensonges ! Elle n'avait pas cessé de se moquer de lui !

La mine sombre, il la fit asseoir à côté de lui. L'appareil s'ébranla. Pour la millième fois, Alessia se pencha vers lui :

— S'il te plaît…

Il se leva, la saisit par le poignet, la hissa sur ses pieds et l'entraîna vers l'arrière de la cabine. Il fit coulisser la porte de la chambre et la poussa à l'intérieur.

Puis il referma la porte et la verrouilla.

— Déshabille-toi.

Elle le regarda avec effarement.

— Nicolo…

— Déshabille-toi, sinon je t'arrache ta robe.

Des larmes inondèrent les joues d'Alessia.

— Tu n'es pas comme ça, murmura-t-elle. Tu es un homme bon. Tu es…

— Je suis Nick Orsini.

Il enleva sa veste puis déboutonna sa chemise.

— Je suis tel que tu me voyais au début. Quand j'ai envie de quelque chose, je le prends.

Il s'approcha d'elle et referma les doigts sur l'encolure de la robe de soie pâle que, quelques heures plus tôt, il considérait encore comme la robe de mariée idéale. Il tira d'un coup sec. Le vêtement se déchira et tomba aux pieds d'Alessia.

— Nicolo !

— Je viens de te dire que je m'appelais Nick, rectifia-t-il d'un ton sec.

Puis il souleva sa femme de terre et la coucha sur le lit.

*
* *

Il avait l'intention de la prendre sauvagement, en cherchant son plaisir sans se préoccuper du sien. Mais elle ne lui résista pas. Elle resta inerte, les joues ruisselantes de larmes.

La rage de Nick s'évanouit alors, laissant place à un profond désespoir. Il se leva, se rhabilla et quitta la chambre. Il regagna l'avant de l'appareil et se laissa tomber dans un siège. Non seulement la lune de miel était annulée, mais il ne toucherait plus jamais sa femme.

14.

Assis dans son fauteuil pivotant, dos à son bureau de chêne, Nick regardait par la fenêtre les rues étroites de SoHo, quatre étages plus bas.

Alors que la longue journée de travail touchait à sa fin, il avait devant lui ce dont il ne voulait surtout pas : le temps de penser.

Depuis son retour, il s'abrutissait de travail, tous les jours. Il se chargeait de toutes les réunions et téléconférences à la place de ses frères. Ces derniers, accaparés par leur vie personnelle, étaient ravis. Rafe et Chiara préparaient avec impatience l'arrivée de leur premier enfant. Dante et Gabriella étaient très occupés avec leur adorable petit garçon. Falco et Ellie passaient beaucoup de temps chez eux, dans le Connecticut.

— Tu es sûr que ça ne te dérange pas ? demandaient-ils invariablement quand il proposait de les remplacer.

— Puisque je vous le propose ! répliquait-il d'un ton léger.

Il s'était bien gardé de leur annoncer qu'il était lui aussi marié. Son mariage, son épouse, l'enfant qu'elle portait : des secrets qu'il était le seul à connaître.

Cependant, il ne pourrait pas continuer à les cacher éternellement à sa famille.

Nick se retourna vers son bureau, appuya les coudes dessus et se prit le visage dans ses mains.

Non, il n'était pas marié comme ses frères. Ni Rafe, ni Dante, ni Falco ne rentrait le soir dans une maison silencieuse pour dîner seul. Aucun d'eux ne dormait seul, séparé de sa femme par un long couloir. Et, de toute évidence, aucun d'eux ne s'était fait piéger par une épouse hypocrite et calculatrice.

Aucun d'eux n'était rongé par la frustration parce qu'il devait lutter toutes les nuits pour ne pas se jeter sur sa femme et…

— *Dio !*

Nick bondit sur ses pieds, enfonça les mains dans ses poches et se mit à arpenter la pièce. Il était urgent qu'il se défoule. Pas avec son épouse, bien sûr. C'était hors de question. Avec une femme qui ne jouerait pas la comédie.

Quant à son enfant à naître… C'était insensé, mais il aimait ce petit être depuis qu'il l'avait vu, lové dans le ventre de sa femme, pendant la première échographie.

Une semaine après leur arrivée à New York, il était sorti de son silence pour annoncer à Alessia qu'il lui avait pris un rendez-vous chez un obstétricien prestigieux, recommandé par son médecin personnel.

Il s'était attendu à ce qu'elle proteste, mais elle n'avait rien dit. En dépit de tout ce qu'il savait d'elle, il devait reconnaître qu'elle semblait avoir l'instinct maternel. Elle ne buvait plus de vin, se nourrissait correctement et, une ou deux fois, il l'avait surprise la main sur le ventre.

Comme le jour où il l'avait emmenée chez l'obstétricien. Au début de la consultation il était resté à l'écart, les yeux fixés droit devant lui. Puis était arrivé le moment de l'échographie et le médecin avait dit d'un ton enjoué :

— Alors, que pouvons-nous voir ?

Le regard de Nick avait alors été irrésistiblement attiré par sa femme, allongée sur le divan d'examen, la main gauche posée sur le ventre dans un geste manifestement protecteur.

— Madame, retirez votre main s'il vous plaît, avait demandé le médecin.

Spontanément, Nick avait alors pris cette main dans la

sienne. Et puis était apparu sur l'écran un petit point noir. Leur bébé…

— Excellente image, avait commenté le médecin d'un ton satisfait.

Nick avait pressé la main d'Alessia, elle avait pressé la sienne. Puis leurs regards s'étaient croisés et tout lui était revenu à la mémoire : comment elle lui avait menti avec ses mains, sa bouche, son corps…

Il se planta devant la baie vitrée de son bureau. Cette situation ne pouvait plus durer. Il était temps de reprendre sa vie en main. De consulter un avocat pour commencer, afin de discuter des solutions possibles — séparation de corps, divorce — et de voir dans quelle mesure chacune affecterait sa demande de garde après la naissance de son enfant.

Parce que quoi qu'il arrive il demanderait la garde. Il n'était pas question que son fils ou sa fille soit élevé à huit mille kilomètres de chez lui, par une femme aussi fourbe que son prince de père et que certainement le reste de ses ancêtres. Le changement de régime alimentaire, la main sur le ventre, et même les larmes qu'il avait cru voir briller dans ses yeux pendant cette échographie, tout cela n'était que mensonges…

Oui, il allait prendre rendez-vous avec un avocat.

Le voyant de l'Interphone se mit à clignoter. Peu importait, son assistante attendrait ! Mais elle insistait, insistait, et ce voyant rouge qui ne cessait de clignoter le mettait en rage. Lâchant un juron, il décrocha. Au même instant, la porte s'ouvrit sur ses sœurs. Anna et Isabella firent irruption dans la pièce.

Nick leur adressa un sourire contraint.

— Salut, les filles ! Je suis content de vous voir, mais la politesse exige d'attendre avant de…

— Nous ne sommes pas des « filles », coupa Izzy d'une voix glaciale. Nous sommes des femmes.

— Oui, bien sûr. Je voulais juste dire…

— Mais que connais-tu aux femmes ? demanda Anna en le foudroyant du regard.

— Ecoutez, je ne sais pas ce que vous voulez, mais je n'ai pas le…

— Espèce de minable ! Qu'est-ce qui t'a pris de te marier en cachette ?

Nick pâlit. Sur le seuil du bureau, son assistante ouvrait de grands yeux… Il gagna la porte en deux enjambées.

— Pas d'appels ! aboya-t-il avant de la claquer au nez de son assistance.

— Nick, nous exigeons une réponse, soutint Izzy.

Isabella, d'ordinaire aussi douce et délicate que les fleurs qu'elle cultivait, semblait prête à le gifler. Quant à Anna, elle fulminait comme elle seule savait le faire.

— Tu es sourd ? lança-t-elle sèchement. Nous revenons de chez toi. Nous l'avons vue. Et nous voulons savoir…

Nick plissa les yeux.

— De quel droit êtes-vous allées fourrer votre nez chez moi ?

— Ça c'est la meilleure !

Izzy émit un petit rire méprisant.

— Il va essayer de renverser la situation en nous accusant ! Mais que peut-on attendre d'autre d'un homme comme lui ?

— Ecoutez, toutes les deux…

— Non !

Anna rejeta ses cheveux blonds en arrière et pointa un doigt accusateur sur lui.

— *Toi,* écoute ! Tu es marié. Tu as une femme. Et vous attendez un bébé.

Nick la toisa longuement. Puis il contourna son bureau et se laissa tomber dans son fauteuil.

— Oui.

Ses sœurs se regardèrent. Anna poussa un petit soupir dédaigneux. Izzy secoua la tête.

— Et quand exactement avais-tu l'intention de mettre au courant ta famille ?

— Je ne sais pas. Après la naissance du bébé. Ou après le divorce…

Il se passa une main nerveuse dans les cheveux.

— Que faisiez-vous chez moi ? reprit-il.

— Nous déjeunions ensemble, et Anna s'est souvenue que tu avais quelque chose pour elle chez toi.

Devant l'air perplexe de son frère, Anna roula les yeux.

— J'étudie le droit civil, ce semestre, tu te souviens ? Le jour du mariage de Falco, tu m'as promis de me prêter l'analyse juridique concernant le contrat que tu as signé avec les Français l'année dernière. Tu m'as dit qu'il était chez toi, dans ton bureau, mais tu as oublié de me l'envoyer. De mon côté, ayant été débordée ces dernières semaines, je n'y pensais plus et…

— Comme nous déjeunions pas loin de chez toi, coupa Izzy, Anna a repensé à ce dossier. Elle a téléphoné pour s'assurer que ta gouvernante était là et c'est une femme qui a répondu…

— Une femme répond et je dis : « Bonjour, c'est Anna Orsini. » Elle demande : « Qui ? » Je dis : « Anna, la sœur de Nick. Qui est à l'appareil ? » Elle répond : « Sa femme. » Et elle éclate en sanglots.

— *Merda.*

Devant la mine bouleversée de leur frère, Anna et Izzy oublièrent leur indignation. Elles firent le tour du bureau, s'accroupirent à côté de lui et lui prirent chacune une main.

— Nicolo, explique-nous ce qui s'est passé, demanda Isabella d'une voix douce.

Il leur expliqua. Tout. Presque tout du moins, car il omit de parler de la souffrance enfouie au plus profond de son cœur, dont lui-même commençait à peine à admettre l'existence — pourquoi un homme souffrirait-il à cause d'une menteuse ?

Ses sœurs l'écoutèrent. Depuis toujours, savoir écouter était une de leurs grandes qualités. Quand il eut terminé, elles poussèrent de conserve un soupir.

— Tu veux mon avis éclairé d'étudiante de troisième année presque diplômée de la faculté de droit de l'université de New York et future star du barreau ? demanda Anna d'un ton taquin. Tu es fichu.

Pour la première fois depuis des semaines, qui semblaient avoir duré des siècles, Nick rit. De bon cœur.

— C'est ça ton opinion de future star du barreau ? Excuse-moi, mais tu n'es pas prête pour ton examen !

— Tu es fichu non pas juridiquement, mais parce que tu es amoureux de ta femme, insista sa sœur d'une voix douce.

Nick dégagea sa main de la sienne d'un geste brusque.

— Pas du tout !

— Tu es amoureux d'elle, approuva Isabella. Comme elle est amoureuse de toi. Et, à moins qu'un de vous deux reprenne ses esprits, vous êtes sur le point de tout gâcher.

Nick dégagea son autre main de celle d'Isabella. Sa mâchoire se crispa.

— Vous ne comprenez pas, dit-il sèchement. La princesse Alessia Antoninni est une comédienne-née. Elle a sauté sur l'occasion de jouer une nouvelle scène dans cette farce. Ce n'est pas parce qu'elle vous a dit qu'elle m'aimait que…

Anna se redressa.

— Elle nous a affirmé te détester. Et que tu étais l'homme le plus borné de la terre.

— Ce que nous savions déjà, plaisanta Izzy.

— Charmante déclaration d'amour de la part d'une épouse, non, lâcha Nick avec un sourire désabusé.

Isabella se redressa à son tour.

— Lui as-tu seulement demandé de s'expliquer sur cette conversation que tu as surprise ?

— Pour entendre de nouveaux mensonges ?

Il marqua une légère explication et son regard passa de l'une à l'autre de ses sœurs.

— Pourquoi ? ajouta-t-il. Elle vous a donné des explications ?

— Non. Elle ne nous a rien dit, à part qu'elle te haïssait.

Et fais-nous confiance, frérot : quand une femme dit qu'elle hait un homme comme Alessia dit te haïr, c'est qu'elle est folle de lui.

— C'est ridicule !

Malgré son ton catégorique, Nick sentit son cœur se gonfler d'un espoir qui n'osait pas encore dire son nom.

— Elle ne m'aime pas, reprit-il. Et je ne l'aime pas non plus. Quand elle aura mis mon bébé au monde…

— Nick, coupa Anna d'une voix douce. Rentre chez toi. Parle à ta femme. Demande-lui de te dire ce qu'elle éprouve pour toi.

— Ça ne sert à rien.

Isabella sourit. Anna aussi. Elles avaient raison, songea soudain Nick. Doublement, car en effet elles n'étaient plus des « filles ».

Elles l'embrassèrent chacune sur une joue et quittèrent son bureau.

L'assistante de Nick partit peu après Izzy et Anna. Une heure auparavant, Rafe, Dante et Falco avaient tous trois laissé le même message, à quelques minutes d'intervalle. Ils seraient au Bar à 19 heures pour leur rendez-vous du vendredi soir, une habitude qu'ils avaient gardée mariés — même s'ils ne restaient désormais pas plus d'une heure ou deux.

Nick se demanda si aller prendre une bière ne l'aiderait pas à effacer de son esprit toutes les idioties que ses sœurs y avaient mises. Il était allé au rendez-vous la semaine précédente, en espérant qu'une fois au Bar il cesserait de penser à Alessia pendant un moment. Ses frères avaient passé la première heure à parler de leurs femmes respectives, et la seconde à chercher à savoir pourquoi il était si calme depuis quelque temps, et s'il n'y avait vraiment rien de nouveau dans sa vie.

« Juste une épouse en qui je n'ai pas confiance et un

enfant que je n'ai pas désiré, avait-il été tenté de répondre. Pas grand-chose, quoi… »

Non, pas question de passer au Bar.

Et pas question non plus d'essayer de discuter avec son épouse… D'ailleurs il fallait qu'il cesse de penser à elle en ces termes : Alessia n'était pas plus son épouse qu'elle n'était la femme douce, innocente et aimante qu'il avait cru voir en elle.

Agité par ces sombres pensées, il descendit du taxi qui venait de le déposer devant son immeuble, face à Central Park.

Il était temps d'affronter la réalité. Dès le lendemain, il demanderait à un ami de lui recommander un avocat spécialisé. Il fallait qu'il sache comment préserver ses intérêts et ceux de l'enfant quand il divorcerait — ce qu'il ferait dès qu'Alessia aurait accouché. Elle pourrait rentrer chez son père ou rester aux Etats-Unis. Dans un cas comme dans l'autre, il subviendrait à ses besoins. Il n'avait pas l'intention de fuir ses responsabilités. Mais il garderait l'enfant. Et s'il était obligé de se battre pour obtenir la garde…

— Bonsoir, monsieur Orsini.

Bavarder avec le portier était bien la dernière chose dont il avait envie ce soir…

— Bonsoir, George, répliqua-t-il avec un bref hochement de tête.

— J'espère que vous ne m'en voudrez pas si je vous demande…

— Quoi donc ?

— Si tout va bien, monsieur. Pour Mme Orsini.

George était la seule personne, en dehors de l'obstétricien, et de ses sœurs désormais, à savoir qu'il y avait une Mme Orsini. Mais il n'avait pas pour habitude de demander de ses nouvelles…

Nick se figea.

— Pourquoi cette question ?

George hésita.

— Eh bien, je pensais… Je ne veux pas être indiscret, monsieur, c'est juste qu'elle m'a demandé où se trouvait l'hôpital le plus proche quand je lui ai appelé un taxi, alors…

— Où ? coupa Nick, l'estomac noué. Où lui avez-vous dit d'aller ?

— Je lui ai suggéré le Mount Sinaï. Je sais bien que ce n'est pas le plus proche, mais…

Nick était déjà sorti, sans attendre la fin de la phrase.

Le vendredi soir n'était pas le meilleur moment pour fréquenter les urgences. Le hall était plein d'ivrognes, de junkies, et de gens qui semblaient prêts à rendre leur dernier soupir.

Alessia ne se trouvait pas parmi eux.

Il fallut dix minutes à Nick pour trouver une infirmière susceptible de savoir quelque chose, mais seulement une pour la convaincre qu'il démolirait tout l'hôpital si elle ne lui disait pas où il pouvait voir sa femme.

L'infirmière lui apprit qu'Alessia était arrivée une demi-heure plus tôt avec des saignements. Elle avait indiqué le nom de son obstétricien ; par chance, il était attaché à cet établissement. Il se trouvait en ce moment même avec elle, dans une chambre particulière. Si M. Orsini voulait bien…

Nick se précipita vers les ascenseurs. Non, il n'aurait jamais la patience d'attendre. Il prit l'escalier de secours. Le temps qu'il atteigne le bon étage et trouve la chambre, il était à bout de souffle.

Et terrifié comme il ne l'avait jamais été de toute sa vie, ni au combat, ni pendant les opérations clandestines, ni dans aucune autre circonstance. Sa femme, *sa femme*, se trouvait derrière cette porte. Sa femme, qu'il aimait de tout son cœur, de toute son âme…

Il prit une profonde inspiration. Frappa. Tourna la poignée…

Sa princesse, pâle et les traits tirés, vêtue d'une affreuse blouse d'hôpital qui la rendait pourtant encore plus belle, était allongée dans un lit qui la faisait paraître minuscule.

— Alessia…

Elle tourna la tête vers lui.

Une lueur éclaira brièvement son regard, puis s'éteignit aussitôt.

— Nicolo. Comment as-tu… ?

Il se précipita vers elle, prit sa main glacée dans la sienne et la porta à ses lèvres.

— Que s'est-il passé ? Tu vas bien ? Où est le médecin ? Pourquoi ne m'as-tu pas appelé ?

Ce feu de questions la fit sourire malgré elle.

— Je vais bien. Le médecin va revenir. Et si je ne t'ai pas appelé…

Son sourire s'estompa.

— J'ai vu tes sœurs, aujourd'hui, enchaîna-t-elle en réprimant un sanglot. J'ai découvert que tu n'avais parlé de moi, de nous, du bébé, à personne. Alors j'ai compris que le mince espoir que je gardais encore qu'un jour tu puisses m'aimer…

Nick lui coupa la parole d'un baiser doux et tendre.

— Alessia, ma chérie. Je t'aime. De tout mon cœur.

Les yeux d'Alessia se noyèrent de larmes.

— Non. Tu dis ça uniquement parce que…

— Parce que c'est vrai.

Alessia secoua la tête.

— Tu dis ça parce que je suis ici. Parce que j'ai été admise en urgence. C'est ça qui te fait croire que tu m'aimes, mais…

— Je t'aime, princesse. Jusque-là j'étais juste trop stupide pour le comprendre, ou peut-être trop lâche.

Le regard d'Alessia chercha celui de Nicolo. La tristesse qui voilait ses yeux pervenche sembla s'atténuer.

— Oh ! Nicolo… Je t'aime tellement ! Si tu savais combien de fois j'ai rêvé de t'entendre dire ça…

— Je te le dirai chaque jour, pendant toute notre vie, si tu me pardonnes d'avoir été aussi idiot ces dernières semaines.

— Non, c'est moi qui ai été idiote. J'aurais dû tout t'expliquer, mais…

— Nous en discuterons plus tard.

Nick porta les mains de sa femme à ses lèvres et les embrassa.

— D'abord, dis-moi ce qui s'est passé aujourd'hui. Qu'a dit le médecin ?

— Le bébé va bien.

— C'est une excellente nouvelle, mais toi ? Tu vas bien ?

— Je vais bien. Le médecin a déclaré que j'avais juste besoin de quelques jours de repos.

Nick prit le visage d'Alessia entre ses mains et l'embrassa.

— Pourras-tu me pardonner un jour ? Quand je pense à la manière dont je t'ai traitée, à ce que j'ai cru comme un idiot…

— Non, non, c'est aussi ma faute. J'aurais dû te parler de…

Alessia prit une profonde inspiration.

— Mon père avait menacé de retirer ma mère de sa maison de santé si je refusais de recevoir son investisseur à la villa. Mais je suis tombée amoureuse de toi. Si amoureuse que j'en ai oublié de lui demander s'il avait tenu sa promesse. La conversation que tu as surprise concernait l'avenir de ma mère : je voulais m'assurer qu'il ne pourrait plus jamais la faire souffrir…

— Il ne le pourra plus. Je prendrai toutes les mesures nécessaires pour que ta mère ne manque jamais de rien.

— Tu es si bon, Nicolo Orsini. Je sais que tu ne peux pas être…

— Un mafioso ?

Nick eut un sourire malicieux avant de reprendre :

— C'est pire que ça, ma chérie. Je dirige une banque d'affaires.

Elle éclata de rire et l'embrassa. Au bout d'un long moment, il s'arracha à ses lèvres et caressa du bout des doigts les contours de son merveilleux visage.

— *Principessa,* me ferez-vous l'honneur d'accepter de m'épouser ?

Alessia effleura du pouce les lèvres de son mari. Ses yeux brillaient comme des étoiles.

— Mais nous sommes déjà mariés, *signore.*

— Je veux t'épouser dignement.

Il eut un large sourire pour ajouter :

— Un mariage sicilien. Le grand jeu. L'église. La réception. Avec mes frères et leurs épouses qui te souhaiteront la bienvenue dans notre famille, mes sœurs qui te rendront folle, ma mère en larmes parce que j'ai enfin trouvé la parfaite *sposa.* Toi en robe blanche… et moi dans un smoking qui me donnera l'air de sortir de chez Madame Tussaud.

Alessia éclata de nouveau d'un rire joyeux. Nick sourit : c'était le son le plus merveilleux qu'il avait jamais entendu ! Il posa son front contre le sien.

— C'est un « oui » ?

Elle l'embrassa.

— C'est un « oui ». De tout mon cœur. Et maintenant, *mio amante, per favore,* ramène-moi chez nous.

Le cœur en fête, Nick s'exécuta.

Epilogue

Sofia Orsini pleura de joie en apprenant que son quatrième fils se mariait.

La cérémonie civile en Italie ? Elle ne comptait pas. Ils auraient un vrai mariage, dans la petite église de Greenwich Village que Sofia aimait tant, vestige de son cher Little Italy. La réception aurait lieu dans le jardin d'hiver de l'hôtel particulier des Orsini. Isabella s'occuperait des fleurs, Anna du menu tandis que Chiara, Gabriella et Ellie emmèneraient Alessia dans les boutiques pour choisir sa robe. Son voile serait celui que sa future belle-mère avait porté de nombreuses années auparavant.

Sofia Orsini avait prédit que ce serait une journée parfaite, et force fut de constater qu'elle avait eu raison.

Nick semblait incapable d'arrêter de sourire. Ses frères se moquèrent de lui au début. Finalement, ils l'entraînèrent dans un coin et le serrèrent chacun leur tour dans leurs bras avec les yeux humides — ce qu'ils n'avoueraient jamais. Ils trouvaient tous fantastique de le voir aussi heureux.

Le sourire de Nick s'élargit encore.

— Vous n'imaginiez tout de même pas que j'allais rester à la traîne ?

Les quatre frères éclatèrent de rire en chœur.

Alessia rayonnait de bonheur. Le petit ventre rond qui gonflait légèrement la soie de sa robe blanche ajoutait encore à sa beauté.

— J'aime ta famille, confia-t-elle à Nicolo un peu plus

tard, alors qu'ils dansaient. Même ton père, parce que c'est grâce à lui que je t'ai rencontré. Tes frères sont adorables. Leurs femmes aussi. Quant à tes sœurs… Pourquoi ne sont-elles pas mariées ?

Anna et Isabella, qui se dirigeaient vers le buffet des desserts, l'entendirent. Elles adressèrent de grands sourires à leur nouvelle belle-sœur mais, dès qu'elles se furent éloignées, elles roulèrent des yeux effarés.

— Mariées !

Anna contempla un plateau d'argent garni de *cannoli*, poussa un petit soupir et fit glisser un gâteau sur son assiette, puis un second.

— Pourquoi une femme serait-elle assez stupide pour s'enchaîner à un homme ?

— Trop de *cannoli*, c'est très mauvais pour toi, décréta Izzy d'un ton sentencieux.

Elle prit avec ses doigts un gâteau dans l'assiette de sa sœur.

— Quant au mariage, reprit-elle, c'est très bien pour Chiara, et Gaby, et Ellie. Et pour Alessia.

— Mais pas pour nous, déclara Anna d'un air supérieur. Jamais.

Izzy se lécha les doigts.

— Je vais boire à cette sentence, dit-elle en prenant une flûte de champagne.

Anna l'imita.

— *Salute.*

Les deux sœurs Orsini trinquèrent avec un clin d'œil et vidèrent leurs flûtes d'un trait.

LA TRAHISON D'UN MILLIARDAIRE, Julia James • *N°3169*

Lorsque son amant Guy de Rochemont lui annonce qu'il va se marier avec une autre, mais qu'il souhaite la garder comme maîtresse, Alexa se sent à la fois brisée par le chagrin et scandalisée. Comment ose-t-il ? Désespérée, elle décide de fuir le plus loin possible de cet homme qu'elle aime autant qu'elle le déteste...

TROUBLANTE VENGEANCE, Kate Walker • *N°3170*

Vengeance et Passion

Pour l'amour de sa mère, très malade, Sadie se voit contrainte de demander de l'aide à Nikos Konstantos, l'homme qu'elle a autrefois follement aimée, mais qui ne voyait en elle qu'un instrument pour assouvir sa soif de vengeance. A son grand soulagement, Nikos accepte. Mais à une condition : qu'elle vienne en Grèce avec lui…

LA REVANCHE D'UN HÉRITIER, Janette Kenny • *N°3171*

Travailler avec Stefano Marinetti, le nouveau propriétaire de la société qui l'emploie, voilà sans doute, pour Gemma, la définition de l'enfer. Comment un homme aussi séduisant peut-il en même temps se montrer si froid et arrogant ? Mais a-t-elle le choix ? La mort dans l'âme, Gemma se résout à côtoyer le détestable homme d'affaires...

COUP DE FOUDRE POUR UN HOMME D'AFFAIRES, Kate Hewitt • *N°3172*

Quand elle découvre l'identité de l'homme d'affaires pour lequel elle va devoir préparer une fête d'entreprise à l'occasion de Noël, Eleanor pâlit. Car Jace Zervas n'est autre que l'homme qu'elle a jadis aimé à la folie, et qui l'a abandonnée sans scrupules...

LA MAÎTRESSE DE JUAN VELEZ-SALDAÑA, Helen Bianchin • *N°3173*

Pour rien au monde Gianna ne voudrait revoir Juan Velez-Saldaña, l'homme qu'elle a épousé trois ans plus tôt mais qu'elle a quitté en comprenant qu'il la trompait. Pourtant, lorsque Juan lui demande de venir au chevet de sa mère malade, qui la réclame, elle n'a pas la force de refuser…

RETOUR À BALFOUR MANOR, Margaret Way • *N°3174*

- L'héritage des Balfour - 8ème PARTIE

Profondément affectée par les dissensions au sein de sa famille, Olivia a préféré fuir à l'autre bout du monde, pour travailler dans le ranch du milliardaire Clint McAlpine. Un homme déroutant et peu conventionnel, découvre-t-elle bientôt, qui l'irrite autant qu'il l'attire, et qui semble cacher bien des secrets…

Attention, numérotation des livres pour le Canada différente : numéros 1613 à 1618

www.harlequin.fr

A paraître le 1er septembre

Best-Sellers n°478 • suspense

Jamais je ne t'abandonnerai - Antoinette van Heugten

Danielle Parkman, une brillante avocate qui élève seule son fils Max, est complètement désemparée face aux crises de colère de plus en plus fréquentes et incontrôlables de l'adolescent. Malgré tout, elle refuse le diagnostic posé par les médecins de la meilleure clinique psychiatrique de l'Iowa. Certes, Max souffre d'une forme d'autisme rare, mais il n'est pas dangereux. Elle en est certaine. Jusqu'à ce qu'elle le retrouve inconscient et couvert de sang à côté d'un jeune patient sauvagement assassiné. Séparée de force de son enfant, Danielle s'accroche à l'idée que Max est innocent. Mais peut-elle vraiment en être sûre ? Et si son fils était bien le meurtrier ? Soutenue par Tony Sevillas, un séduisant avocat qui semble prêt à tout pour défendre sa cause, Danielle décide de braver la peur et le doute pour découvrir la vérité – et sauver son fils d'une justice qui ne voit en lui que le coupable idéal.

Best-Sellers n°479 • suspense

Les disparues du bayou - Brenda Novak

Depuis l'enlèvement de sa petite sœur Kimberly, seize ans plus tôt, Jasmine Stratford a enfoui ses souffrances au plus profond d'elle-même et s'est dévouée corps et âme à son métier de profileur. Mais son passé ressurgit brutalement lorsqu'elle reçoit un colis anonyme contenant le bracelet qu'elle avait offert à Kimberly pour ses huit ans. Bouleversée, elle se lance alors dans une enquête qui la conduit à La Nouvelle-Orléans. Sur place, elle ne tarde pas à découvrir un lien effrayant entre le meurtre récent de la fille d'un certain Romain Fornier et le kidnapping de sa petite sœur. Prête à tout pour découvrir la vérité, Jasmine prend contact avec Romain Fornier, seul capable de l'aider à démasquer le criminel. Elle se heurte alors à un homme mystérieux, muré dans le chagrin et vivant dans le bayou comme un ermite. Un homme qu'elle va devoir convaincre de l'aider à affronter le défi que leur a lancé le tueur : *« Arrêtez-moi »*.

Best-Sellers n°480 • paranormal

La nuit écarlate - Heather Graham

Lors d'un voyage en Transylvanie, Jessica Fraser, jeune psychologue, est oppressée par la sensation d'être constamment épiée. Une appréhension qui grandit encore en elle et que viennent bientôt confirmer de terrifiants incidents survenus au cœur de la forêt des Carpates. Comme si la forêt était hantée par des créatures malfaisantes. De retour chez elle à La Nouvelle–Orléans, Jessica, encore sous le choc de cette étrange expérience, fait la connaissance de Bryan McAllister, professeur d'Histoire ancienne. Et lorsque Bryan lui parle de ses recherches sur un culte satanique déjà à l'œuvre en Transylvanie et sur le point d'atteindre les Etats-Unis, l'inquiétude ne la quitte plus. Irrésistiblement attirée par cet homme qui la déstabilise pourtant profondément, Jessica accepte d'aider Bryan à dévoiler la vérité. Leur quête les entraîne des bars confinés du Quartier français de La Nouvelle-Orléans vers des forêts obscures, là où l'on craint de se perdre et de prononcer le mot tant redouté…celui de *vampire*.

Best Sellers n°481 • roman

La maison des secrets - Emilie Richards

En emménageant dans une maison au bord de l'eau, sur la presqu'île de Happiness Key, en Floride, Dana Turner souhaite simplement offrir un havre de paix à sa fille Lizzie. Jamais elle ne se serait attendue au sentiment profond de bonheur qui la gagne dès leur installation. Car non seulement ses voisines l'accueillent chaleureusement, mais Pete Knight, un homme séduisant et attentionné, lui fait une cour assidue. Pourtant, Dana a toutes les raisons redouter que ce bien-être ne soit éphémère, car un passé douloureux la condamne à déménager sans cesse, dès que les questions sur sa vie se font trop pressantes. L'ennui, c'est que cette fois-ci, sa petite Lizzie semble plus heureuse que jamais, tandis qu'elle-même s'attache chaque jour davantage à Pete. Alors doit-elle encore fuir, au risque d'avoir le cœur brisé et de faire à nouveau souffrir Lizzie ? Ou peut-elle enfin dévoiler le secret qu'elle garde précieusement enfoui au plus profond de son cœur, et se donner, ainsi qu'à Lizzie, la chance de sourire pleinement à la vie ?

Best-Sellers n°482 • suspense

Dans l'ombre du danger - Maggie Shayne

Traumatisée pendant l'adolescence par son père, un homme odieux et violent, Dawn Jones a quitté Shadow Falls cinq ans plus tôt, espérant oublier les souvenirs douloureux liés à sa ville natale. Pourtant, lorsqu'elle apprend que le policier Bryan Kendall, son seul et unique amour de jeunesse, est accusé du meurtre de sa petite amie, elle décide immédiatement de retourner dans le Vermont pour lui venir en aide. Bryan, qui n'a jamais cessé de hanter ses nuits, est incapable de commettre un crime, elle en est persuadée. Mais à peine est-elle de retour qu'un nouveau meurtre vient frapper la tranquille petite communauté. Et tandis que la peur gagne les habitants, Dawn sent monter en elle une impression étrange et angoissante : celle d'être observée dans chacun de ses gestes par le tueur.

Best-Sellers n°483 • thriller

Tourmentée - Pamela Callow

Hantée par la mort de sa jeune sœur, fragilisée par une rupture amoureuse mais décidée à aller de l'avant, Kate Lange se lance à corps perdu dans sa carrière d'avocate, en Nouvelle-Ecosse. Mais le meurtre horrible de Lisa, la petite-fille de l'une de ses clientes venue lui demander conseil au sujet de l'adolescente, ravive ses blessures secrètes : aurait-elle pu empêcher ce drame ? Est-elle responsable de cette mort – comme de celle de sa petite sœur, morte quinze ans auparavant dans un accident de voiture dont elle seule a réchappé ? Tourmentée par le poids de ses doutes, déterminée à faire la lumière sur le meurtre de Lisa, Kate décide de mener sa propre enquête. Quitte à risquer sa carrière en s'exposant aux critiques acerbes et au regard d'acier de l'intransigeant Randall Barrett, son directeur de cabinet. Et sans savoir que le danger est toujours là. Car le tueur, lui, a déjà repéré sa nouvelle proie…